야
버
즈

차례

야
버
즈

1.

창밖에 떨어지는 빗소리를 들으며 경희는 야버즈가 먹고 싶어 눈을 감을 수가 없었다. 배달 앱을 뒤적거리며 "이 시간에 야버즈를 배달하는 곳이 있으려나?" 하고 중얼거리자 옆에 누워 있던 용주가 김빠진 공처럼 피식 웃었다. 여기가 중국인 줄 아냐며 점잖게 핀잔을 주는 것도 잊지 않았다.

"내일 점심에 대림에 가서 먹어. 직장이랑 가깝잖아."

그러게, 이성을 부여잡고 참았다가 내일 먹으면 되는 일인데 요즘 따라 경희는 한밤중에 불쑥 먹고 싶은 음식들이 생각나서 잠을 못 이루곤 했다.

"연변 냉면도 먹고 싶고 상다리 부러지게 중국 차오차이를 세팅해 놓고 먹고 싶기도 하고 쇼룽보도 먹고 싶어. 쇼마이를 한입 와앙 물 때 육즙이 촤르르 나오는 건 정말 환상인데."

경희가 뒤척이며 잠꼬대처럼 계속 먹을 타령을 했다.

"이상하긴 하다. 그동안 중국 음식을 거의 찾지도 않고 잘 지내 왔잖아. 향수병인가? 쏸라펀 컵 면이 있는데 그거라도 먹을래?"

용주의 말에 경희는 용수철처럼 자리에서 벌떡 일어났다. 거의 몇 개월 전에 용주의 친구가 한창 중국에서 인기라며 인편으로 보낸 쏸라펀 컵 면이 아직 창고 박스에 그대로 방치되어 있다는 걸 용주는 용케도 기억하고 있었다. 경희는 부랴부랴 전기포트에 물부터 끓였고 용주는 그사이 컵 면 포장을 뜯으며 꼼꼼히 유효기간을 살폈다. 뜨거운 물이 컵에 부어져 딱딱한 면을 녹이는 사이 경희는 왜 뜬금없이 중국 음식들이 이렇게도 먹고 싶어졌는지 되짚어봤다.

"가만있자… 마지막 생리일이… 두 달씩이나 생리가 밀린 적은 없는데?"

몇 초 동안 뇌가 정지된 듯 꼼짝하지 않고 앉아 있던 경희는 소스라치게 놀라며 화장대 서랍 속에 넣어 뒀던 임신 테스트기를 꺼내 들고 화장실로 돌진했다.

"설마… 임신이야?"

태연한 얼굴로 다시 돌아온 경희에게 용주는 상기된 표정으로 물었다.

　"아직 몰라. 기다리는 중."

　둘은 말없이 뜨거운 쏸라펀을 후후 불어서 먹었다. 강렬하게 새콤한 맛이 미뢰를 자극했다. 경희는 황홀한 표정으로 맛을 음미하며 마라탕보다 쏸라펀이 더 맛있는데 왜 한국에서는 마라탕만큼은 사랑받지 못했는지 이해할 수 없었다.

　"쏸라펀은 솔직히… 너무 세. 좀 극단적이랄까. 무난한 건 대중적인 인기를 얻고 강렬한 건 마니아들이 좋아하지."

　용주의 말에 경희는 일리가 있다고 생각하면서도 갸우뚱했다.

　"마라탕이 무난해? 마라탕도 자극적인 맛 아니야?"

　"마라탕은 대중들이 받아들일 수 있는 범위 내의 자극적인 맛 아닐까? 몇 년 사이 체인점이 많아지기 시작하면서 맛도 한국인 입맛에 맞게 많이 순화됐잖아. 쏸라펀은 맛이 순화되면 쏸라펀이 아니지."

　하긴, 그제야 경희는 동감이라는 듯 머리를 끄덕였다. 한국에 처음 오자마자 대림역에 가서 먹어 봤던 마라탕은 반가우면서도 낯설었다. 연변 냉면이든 마라탕이든 오리지널 본토 느낌을 그대로 살려낸 맛을 경희는 한국에 와서 잘 느껴 보지 못했다. 사람이든 음식이든 그 지역을 떠나면 맛이 변한다니까, 용주는 연구원답게 옆에서 또 한소리를 했다. 쏸라펀을 다 먹고 용주와 잡다한 수다를 한참 떨고 나서야 경희는 느릿느릿 걸어 화장실에 들어갔다.

예상은 어느 정도 했지만 선명한 두 줄이었다.

둘은 눈치를 살피느라 서로의 얼굴을 조심스레 훑다가 눈이 마주치자 머쓱한 듯 웃었다.

"못됐다, 우리. 부모님은 내가 임신된 걸 알았던 날 돼지 잡고 동네 사람들을 불러 잔치했대."

경희가 자궁 쪽을 슬슬 문지르며 시답지 않은 얘기를 꺼내자 용주는 허허허 웃었다.

"우리 집은 임신 중기가 되기까지 숨겼대. 엄마가 그전에 한 번 유산이 됐었거든."

2.

다음날 경희는 용주 말대로 점심에 대림에 들렀다. 그녀의 직장이 있는 신도림에서 대림까지는 딱 한 정거장이었다. 신도림 근처까지 왔을 때 산부인과 간판을 보고 잠시 주춤했으나 이내 전철을 탔다. 야버즈를 보니 입에 침샘이 마구 돋아 테이블에 앉아 야버즈에 야터우를 먹고 추가로 야창과 야츠, 야버즈 2인분을 포장 주문했다. 저녁에 퇴근하고 집에 가면 용주와 같이 야식으로 먹을 요량이었다. 용주도 야버즈를 좋아했다.

경희는 대림역 12번 출구를 향해 걸으며 주위의 간판과 지나다니는 사람들을 쳐다봤다. 대학원에 다닐 때 남자친구였던 기범이는 경희와 함께 간혹 대림역에 오면 신기한 듯 이런저런 질문들을 거침없이 쏟아 냈다.

"조선족들은 진짜 칼을 들고 다녀? 대낮에도 싸우면 칼로 막 찍어?"

"아니."

"기사에 보면 진짜 칼질을 했다던데."

"한국인들은 칼질을 안 해?"

"칼질까지는… 잘 안 하지?"

"쳇, 아니긴 뭐가 아니야."

경희는 괜히 약이 바짝 올라 몇 년 전 봤던 한국인 칼부림 사례 기사를 언급했다.

"어떻게 아예 칼부림 사건이 없겠어. 그래도 흔치 않다는 거지."

"우리도 흔치는 않아. 인구 대비 비율을 따져야지."

경희는 딱 잘라 말했다. 기범이는 약간 못 미더운 눈치였으나 경희의 딱딱하게 굳은 표정 때문에 입을 다물었다.

경희와 기범이는 자주 싸웠다. 서로 끌리는 게 이상할 정도였다. 둘이 1년 넘게 만났을 때 경희는 언젠가, 어쩌면 곧 기범이와 헤어지게 될 것이란 걸 알았다. 그럼에도 기범이를 만나면 자주 바뀌는 뿔테안경 속 소년 같은 그의 호기심 어린 눈빛과 도톰한 입술을 사랑했다.

경희가 기범이를 데리고 처음 야버즈 가게에 갔을 때 기범이는 진열되어 있는 품목들을 향해 연신 카메라 셔터를 눌러대며 혀를 끌끌 찼다.

"와, 오리를 아주 그냥 샅샅이 분해했네. 오리 머리, 오리목, 오리 내장, 오리 날개, 오리 발. 없는 게 없네."

테이블에 앉아서도 기범이는 벙찐 표정으로 오리 머리에 붙은 살코기를 혓바닥으로 살살 훑어 내는 경희를 쳐다봤다.

"맛있어?"

"먹어 봐."

"우리는 오리고기라 하면 진짜 살코기를 먹거든. 삼겹살처럼 구이판에 구워서 쌈도 싸 먹고. 근데 너네는 정작 살코기는 안 먹고 머리통이나 목에 붙어 있는 고기를 뜯어 먹네?"

"우리도 살코기를 먹어. 다 먹어. 맛있으면 먹는 거지. 목에 붙은 거나 머리에 붙은 거나 어차피 다 오리고기잖아."

"그건 그렇다만."

한글을 갓 뗀 어린아이가 조심스레 단어를 읽듯이 그날

기범이는 부위별 오리고기를 한 가지씩 시식해 보며 경희가 가르쳐 주는 대로 따라 읽었다.

"야는 오리, 버즈는 목. 그러니까 야버즈는 오리 목 고기네. 터우는 머리니까 야터우는 오리 머리 고기? 츠는 날개군. 야츠는 오리 날개 고기."

기범이는 그날 이후로 두 번 다시 야버즈를 먹으러 가자는 말을 하지 않았다. 데이트를 하며 다양한 중국 음식을 먹었는데 기범이 입맛에 맞는 거라고는 훠궈와 양꼬치뿐이었다. 둘은 중식, 한식, 양식, 인도식, 일식 가리지 않고 맛집을 찾아 돌아다니다가 경희가 원룸에 살면서 밤늦게 혼자 야버즈에 맥주 한 잔을 들이켜며 외롭다고 느낄 때쯤 헤어졌다. 헤어지려는 이유에 대해서 경희는 최대한 기범이의 마음이 상하지 않게 멘트를 준비했지만 정작 기범이는 묻지 않았다. "어."가 다였다. 전화기 너머로 기범이가 어떤 색의 뿔테안경을 쓰고 있을지 궁금해지지도 않은 경희의 마음처럼, 기범이도 이미 시들해진 관계를 어느 가수의 노래 가사처럼 시든 꽃에 물을 주듯 냅다 버티면서 경희가 먼저 말을 꺼내 주길 기다린 듯한 느낌이었다.

3.

검정 봉투에 포장된 야버즈는 사무실 냉장고 위 칸에 놓아두었다. 쑈리가 직원 복지 차원에서 누나 집 중고 냉장고를 가져온 지도 벌써 3년이 지났다. 냉장고는 가끔 잡음이 심하기는 했지만 자체 기능에는 별 이상이 없어서 경희와 세 명의 여직원은 나름 만족하며 잘 사용하는 중이었다. 여직원들은 냉장고에 마스크 팩을 넣기도 하고 다이어트용 한방차를 석 달째 방치하기도 했다. 그 사이 냉장고 속에 각자 사용하는 위치가 정해지며 질서를 찾아가고 있었다. 남자 직원 둘은 여직원들이 냉장고에 뭘 넣을 것이 그리 많을까 싶은 호기심에 한 번씩 꽉 찬 냉장고 속을 기웃거리기는 했지만 그뿐이었다. 초반에는 아이스크림 몇 개라도 집어넣으며 자리를 차지하던 남직원들은 이내 냉장고의 존재를 잊은 듯했다.

회사 직원들은 처음에 번듯한 한국인인 30대 후반의 대표를 쑈리라고 부르라는 것에 대해 어리둥절해하는 눈치였다. 대표 이영진이 쑈리가 된 데는 그럴듯한 이유가 있었는데 그건 초창기 멤버였던 경희가 잘 알고 있었다. 칭다오대학에서 유학했던 이 대표는 학력을 따면서 수백 개의 명함도 따왔는데 거기에는 이 대표가 알바하며 얼굴을 익힌 다양한 업종의 중소기업 사장과 동사자들, 밤샘으로 칭다오 맥주를 마신 동기와

선후배들의 연락처가 있었다. 그들은 모두 이 대표를 쑈리라고 불렀다. 한국에 돌아온 후 이 대표는 이 인맥을 발판으로 문서 번역이나 중국 업체 홍보 자료와 교육 자료 영상 제작, 한국 제품 소량 수출 등 그들이 필요로 하는 모든 니즈를 충족시켜 줬다. 그래서 초반에 경희는 쑈리의 뒤치다꺼리를 하느라 여간 힘든 게 아니었다. 그때는 창립 멤버가 꼴랑 넷이어서 지금은 퇴사한 다른 교포 멤버 둘과 함께 쑈리의 명확하지 않은 회사 방향을 따라가느라 무진 애를 썼다. 경희네 회사를 소개받은 고객이 위챗으로 연락이 올 때 이름만 들으면 이 회사가 한국 회사라는 것을 미처 생각지 못하거나, 사업자가 중국인이라는 착각이 들 정도로 쑈리라는 네이밍은 매직 그 자체였다. 중국에 영상 제작 오더를 받는 전문 업체로 거듭나면서 쑈리는 직원들을 점차 유학파 한국인으로 채워 가기 시작했다. 처음에는 툭하면 그만두거나 고향에 돌아가는 중국 직원들 때문에 마음이 상하기도 하고 인력난으로 난감해하면서도 퇴직금을 두툼하게 챙겨 주지 않아도 된다는 안도감에 버텼다면 이제 창업 7년 차 대표로서 잔뼈가 굵게 되자 쑈리는 중국 직원은 경희 한 명만으로 충분하다는 사실을 알아 버린 모양새다.

오후 시간에 경희는 직원들의 작업 진도를 체크하고 완성된 영상 자막을 최종 검토하며 여느 때처럼 분주하게 보냈다.

정신없이 일하다가도 허기진 느낌에 눈이 풀렸다. 불쑥 냉장고에 있는 야버즈를 꺼내 회사 옥상에 올라가 햇볕을 쬐며 맥주 한 캔, 아니 환타 한 캔과 함께 먹고 싶은 충동이 일었다. 몇 번을 참다가 드디어 자리에서 부스스 일어났다. 조용히 냉장고 문을 열고 야버즈를 꺼낸 뒤 1층에 내려가 환타 한 캔을 사서 다시 엘리베이터를 타고 옥상에 올라갔다. 다른 업체 남자 직원 몇몇이 담배를 피우고 있었다. 구석진 벤치에 앉아 행여 냉장고 안에 냄새가 샐까 야무지게 묶어 놓았던 검정 비닐봉지의 손잡이 부분을 손가락 끝으로 잽싸게 풀었다. 앞니가 딱딱한 야버즈의 목뼈에 닿았다. 경희는 노련하게 목뼈에 붙은 살만 훑어 냈다. 야버즈 마니아들은 양념에 절인 오리고기 맛보다는 뼈에 붙은 살을 살살 훑어 먹는 재미를 좋아하는 게 아닐까 하고 경희는 생각했다. 목뼈를 통째로 입안에 넣고 살살 굴리며 혓바닥으로 마지막 남은 살만 다 발라 먹은 뒤 뼈만 뱉어 내는 것도 경희가 잘하는 것이었다. 용주가 먹은 야버즈에는 항상 뼈 군데군데에 살이 붙어 있었다. 뼈만 남기고 살을 몽땅 발라 먹는 경희의 스킬에 용주는 늘 감탄했다. 용주가 생각나 경희는 야버즈 몇 개를 먹다 말고 다시 비닐을 밀봉했다. 뼈는 쓰레기통에 넣고 화장실에 가서 가글을 한 뒤 사무실에 내려갔다. 컴퓨터를 열어 보니 용주가 보낸 카톡이 깜빡이고 있었다.

"산부인과는 다녀왔어? 의사 쌤이 뭐래?"

"아직. 퇴근하고 가 보려고."

"같이 갈까?"

"괜찮아. 먼저 집에 가 있어."

그제서야 경희는 산부인과 예약조차 안 했다는 사실이 생각나 톡으로 예약했다. 중국 업체 담당자와 전화 통화를 하며 눈은 컴퓨터 모니터에 고정하고 산부인과 별점과 댓글들을 꼼꼼히 확인했다. 아무래도 집 근처 산부인과가 편할 것 같았다.

오후 시간은 오전 시간보다 길었다. 오전은 어제 밀린 일들을 하다 보면 금세 점심인데 노곤한 오후 시간은 직원들의 하품 소리, 슬리퍼를 끌고 화장실을 들락거리는 소리와 몰래 간식을 먹는지 비닐봉지가 부스럭거리는 소리가 간간이 들리며 고무줄처럼 늘어졌다. 쑈리가 자리를 털고 일어나면 이미 퇴근 준비가 완료된 직원들이 슬금슬금 일어난다. 경희는 직원들이 자리를 다 뜨고 나서 늘 마지막에 퇴근했다. 창문은 잘 닫혔는지, 켜져 있는 컴퓨터는 없는지 자질구레한 것들을 체크해야 했다. 초기에는 당번 직으로 하거나, 막내 직원의 업무 내용에 포함시키기도 했지만 다음 날 아침 출근해 보니 사무실에 에어컨이 계속 돌아가고 있었다거나, 쑈리 방에 불이 켜져 있는 등 자잘한 실수들이 생기자 쑈리는 아예 경희에게 전담시켰다. 경희가 맡으면 한시름이 놓인다며 그때가 마침 경력 3년 차라 연봉도 인상해서 경희는 기분 좋게 받아들였다.

4.

집 근처 전철역까지 다 왔을 때 경희는 야버즈를 챙기지 못했다는 사실을 알았다. 야버즈가 손에 들려 있지 않다는 것이 이렇게 속이 허해질 일인가 싶어 입술을 잘근잘근 씹었다.

경희가 선택한 산부인과는 머리가 허연 경력 30년 차 의사가 자신의 이름을 걸고 운영하는 아담한 개인 병원이었다. 퇴직 나이를 넘긴 듯 보였으나 눈빛이 형형하게 살아 있었다. 오래전 애 엄마가 된 고등학교 친구들을 만나 카페에서 산부인과에 대해 수다를 떨다가 아무래도 여의사가 편하지 않을까, 정작 출산할 때가 되면 의사 성별 가릴 겨를이 없대, 어쨌든 순산하면 되는 거지 등등 웃으면서 들어 두었던 시답지 않은 내용들에 개의치 않고 경희는 남자 의사를 선택했다. 각오는 했어도 남자 의사 앞에서 다리를 벌리고 질 초음파를 해야 한다고 상상하자 생각처럼 몸이 움직여지지 않았다. 느릿느릿 초음파실에 들어가니 다행히 여의사가 따로 있었다. 경희는 한국의 이런 디테일을 좋아했다. 자본의 파워든 아니든 어쨌든 사람의 마음을 알고 잘 터치하는 서비스는 꽤나 만족스러웠다.

"앞으로도 혹시 또 질 초음파를 하게 될지도 몰라요. 질 초음파는 제가 할 거고요. 복부 초음파는 한 쌤이 하실 거예요."

여의사가 사근사근한 말투로 경희의 마음을 꿰뚫어 본 듯 먼저 말을 걸었다.

초음파를 하는 동안 경희는 말없이 초음파 모니터를 쳐다봤다. 흑백의 모니터에 머리와 몸통이 선명한 생명체가 흔들거리고 있었다.

"임신은… 13주 정도 되신 것 같은데 늦게 오셨네요. 일란성 쌍둥이예요."

"네?"

경희는 깜짝 놀라며 다시 모니터를 들여다보았다. 경희 눈에는 둘로 보이지 않는데 의사는 초음파 사진을 보여 주며 첫 번째 사진과 두 번째 사진의 태아는 다르다고 알려 줬다. 다음 달 진료를 예약하고 병원을 나오는 길에 경희는 잠깐 어지럼증을 느끼고 휘청거렸다. 용주에게 당장 이 소식을 알릴까 싶다가 정신 줄을 붙잡고 집까지 걸었다.

용주는 집에 들어서자마자 시체처럼 창백한 얼굴로 소파에 기대어 있는 경희를 보고 깜짝 놀라 손에 들고 있던 야버즈를 바닥에 내려놓고는 허둥지둥 신발을 벗었다.

"경희야, 왜 그래? 얼굴색이 너무 안 좋아."

"쌍둥이래."

경희가 힘없이 말했다.

언젠가 한 명은 낳아 키울 계획을 둘이서 얘기한 적 있었기에 그 언젠가가 더 빨리 찾아온 것에 대해 경희는 그런대로 덤덤하게 받아들일 수 있었다. 그러나 쌍둥이는 마른하늘에 날벼락 같았다.

"쌍둥이가 어때서. 잘 키우면 되지."

용주는 송아지처럼 큰 눈을 슴벅슴벅하며 뭐가 문제인지 전혀 감을 잡지 못하고 있었다. 언제나 용주는 그랬다. 시어머니인 박 씨 말처럼 한 치 앞을 내다보지 못하고 우직하게 눈앞의 일에만 몰두했다. 오늘 일을 열심히 해치우면 내일 일이 오늘 일이 되어 제 발로 찾아올 것이고 내일 올 일이 어려운 것이든 쉬운 것이든, 쓴 것이든 단 것이든 용주는 뱉는 법이 없이 소처럼 우물우물 오래 씹어서 어떻게든 소화시키면서 살았다.

"답답한 용주 씨, 잘 들어 봐. 쌍둥이면 배는 더 일찍 불러올 거야. 어쩌면 계획보다 더 일찍 임신 휴직을 신청해야 할지도 몰라. 또 애를 낳으면 친정엄마든 시엄마든 육아를 도와줄 상황은 아니잖아. 내가 전업주부로 들어앉으면 매달 고정 지출은 어떡할 거야. 어떻게든 키웠다 쳐. 어린이집에 가면 외국인은 한 달 원비가 40만 원이 훌쩍 넘는데. 보험까지 합하면 우린 매달 100만 원 넘는 돈이 그냥 빠질 거야. 거기다 식비, 의류비 등 다 따블이겠지."

경희의 한숨 섞인 설명을 들으며 용주는 경희 옆에 털썩 앉았다. 무거운 마음으로 앉은 게 아닌 덩치 때문이었다. 무덤덤한 표정은 사실 경희의 말을 듣고 불안하거나 미래를 비관해서가 아니라 경희를 어떻게 안심시켜 줄 것인지 고심하는 느낌에 가까웠다.

용주는 박사 학위를 따고 명문대학교 연구실에서 일하는 역사 연구원이었다. 인문학도라서 그런지는 몰라도 반백수에 가까운 계약직이었다. 주로 한국과 중국 사이에 쟁점이 되는 역사적 관점이나 접점이 있는 사건들을 연구할 때 중국 논문 자료 리서치에 능해 필요성을 인정받았다. 언젠가 용주의 개인 연구 내용이 궁금했던 경희는 몇십 페이지 분량의 논문을 들여다보며 "그래서 이 역사적 기록은 중국이 맞다는 거야? 아니면 한국이 맞다는 거야?" 하고 묻자 용주는 난감한 표정으로 "쉽게 판단할 수 있는 일"이 아니라고 대답했다. 그러면 대체 뭘 연구했느냐고 다시 물었더니 연구자로서 기존에 미처 거론되지 않았던 다양한 증거 자료와 관점을 제시하여 후대를 위해 더 현명한 판단을 내리는 데 도움이 되게 한다고 용주가 진지하게 대답했지만 경희에게는 허무하게 들렸다. 연구자는 네, 아니요 칼같이 판단하는 자리가 아니라 (그럴 때도 있겠지만) 더 신중하게 다양한 가능성을 열어 두고 확신이 설 때까지 시간의 편에 서서 인내하는 자리라고 용주가 예전에 말했을 때 경희는 그런가 보다, 고개를 주억거렸지만 근래에 와서는 화끈하게 마침표를 찍지 않는 용주의 성격만큼이나 그가 하는 일들을 답답하다고 느끼는 중이었다.

학교에서 요구하는 연구 과제가 있을 때 간간이 교수님을 주축으로 하는 결과물에 세 번째나 네 번째 순서에 '김용주 연구원'으로 용주의 이름이 표기되기도 하고, 일 년에 한두 번 권위 있는 학회지에 용주의 단독 연구 논문이 실리기도 했는데 그럴 때는 경희의 두 달 월급에 버금가는 돈이 입금되기도 했다. 언제까지나 예상외 수입이었다. 어쩌다 딱 한 번, 한 대학에서 중국 교포의 이주 역사와 근황을 주제로 한 강의 청빙이 있었다. 그날 강연장에는 용주 외에 고려인 관련 논문을 쓴 연구자, 재일 교포와 재미교포, 유럽 이주 교포에 대한 연구 논문을 쓴 연구자들이 있었다. 모두 한국인이었다.

박 씨는 용주네 집에 놀러 올 때마다 용주 내외가 들으라는 듯 일부러 큰소리로 매번 반복하는 말이 있었다.

"중국 국적이면서 한국에서 역사 연구를 한다는 것 자체가 코미디 아니니. 역사 연구라는 게 말이 객관성을 따진다고 하지 어느 나라인들 연구 결과가 자기 나라에 불리하게 나오면 좋아라 하겠니. 용주 너 그 자리 오래 못 한다. 국적을 바꾸든지 직업을 바꾸든지 해야지. 언제까지 애꿎은 경희만 고생시킬 거니. 지방 대학에라도 교수로 가면 좋은데 가뜩이나 교수 임용이 어려운 때에 중국 국적이면 퍽이나 길이 잘 열리겠다."

한국에 이미 20년째 거주하고 있는 박 씨는 한국의 정치부터 부동산, 각 업종의 대체적인 사정까지 줄줄 읊었다. 환갑을 넘겼지만 여느 아줌마들처럼 머리숱이 풍성하게 보이도록 일부러 뽀글뽀글 볶은 머리를 하고 채솟값을 걱정하며 일일 드라마를 챙겨 보는 스타일이 아니었다. 브라운 계열의 염색에 한복을 입었을 때나 할 법한 정갈한 올림머리를 하고 마스카라까지 매일 잊지 않고 했는데 경희는 처음 용주의 소개로 박 씨를 만났을 때 괴리감을 넘어 양반집 마나님 같은 도도함을 느꼈다.

"우리 엄마 원래 그런 사람 아니었어."

용주의 말에 의하면 박 씨는 용정에 살 때 중학교의 역사 선생님이었다고 했다. 90년대에 교사나 공무원같이 나랏밥을 먹는 교포들은 한국에 노무 수출로 나올 리가 없는데 박 씨는 과감하게 교사 일을 때려치우고 한국에 나왔다.

"내가 배운 역사가 말이야, 교사로 있을 때는 그저 한 달을 버틸 생활비였는데 한국에 오니까 더 큰돈이 되더라."

첫 만남에서 박 씨는 경희에게 역사에 대한 자신의 식견을 풀었다. 용주와 연애하며 역사 지식에 대해 이것저것 많이

들었는데 용주가 말하는 역사는 그야말로 선비가 읽어 주는 사서오경 같았다면 박 씨가 말해 주는 역사는 실제고 돈이고 미래였다. 그때 경희는 귀가 솔깃해서 간장 계장에 밥을 말다 말고 박 씨 얼굴만 쳐다보며 이야기에 집중했다.

"교포들이 왜 한국 사람들과 물과 기름처럼 잘 맞지 않는 줄 알아? 역사를 몰라서 그래. 역사를 알면 이해가 빠르거든. 거기다 심리학 공부를 좀 해서 성향이나 기질까지 이해하면 더 좋고."

그러니까 많은 교포가 돈을 벌겠다는 단순한 목표로 일찌감치 한국에 와서 이리 치이고 저리 치여도 상황에 대한 정확한 이해가 되지 않는 동안 박 씨는 한국에 오자마자 한 달 동안을 도서관에 앉아 역사책을 읽었다고 했다. 교포들이 주로 하는 직업들에 대한 데이터도 수집하다가 박 씨가 설정한 목표는 몇 년을 사업 자금을 마련한 뒤 한국인 입맛을 겨냥한 양꼬치 가게를 시작하는 일이었다.

"어머, 그럼 어머님이 한국 사람들에게 양꼬치를 알린 시초시겠네요."

박 씨는 그건 아니라고 손을 허위허위 저었다.

"양꼬치가 한국에서 대중화된 건 내가 가게를 열고 10년도 넘게 썩 지난 뒤였어. 나 때는 중국 기업과 협력하는 업체 직원들이 중국 손님이 오면 접대 차원에서 들르곤 했지. 내 가게 말고도 그전에 이미 양꼬치 가게를 시작한 교포들이 꽤 있더라고."

교포들을 주력 고객으로 삼은 여느 양꼬치 가게들은 향수병을 일으킬 정도로 중국이나 연변식 인테리어를 했지만 박 씨는 과감하게 한국인들을 주력 고객으로 보고 가게의 전체적인 느낌은 한국식 인테리어를 하면서 과하지 않고 세련된 중국 소품 몇 점과 조명을 사용해 포인트를 주었다. 거기다가 수호전 인물 포스터나 중국어로 된 공자 맹자 장자의 어록을 붓글씨로 적은 가랜드를 척 걸어 놓으니 손님들이 배경 삼아 사진을 찍어도 그렇게 좋아하더라는 것이었다. 정치는 미워해도 문학과 철학은 국적 불문 사랑하는 것이 사람이라고 박 씨가 말했을 때 경희는 이미 도를 깨닫기 위해 산에 오른 구도자처럼 경건한 자세로 앉아 듣고 있었다.

첫 만남에 박 씨의 이야기는 여기서 끝나지 않았다. 손님 중에는 꽤 짓궂은 사람들이 있었는데 박 씨를 테이블에 불러 "중국이랑 한국이 축구 하면 어느 쪽 응원할랑가~?" 하고 넌지시 묻기도 했다. 대개 중국 교포들은 이런 질문을 받으면 난감해하거나 불쾌해할 법도 한데 박 씨는 호호호 웃으며 질문한 한국 손님에게 대답했다.

"어머나, 제가 어느 쪽을 응원하면 그쪽이 이긴대유? 그럼

전 중국이요! 한 번쯤은 한국을 이겨 봐야 하지 않겠어요?"

한국 손님들은 기분 좋게 하하하 웃었고 중국 손님들은 머리를 절레절레 흔들며 분위기가 한쪽으로 기울려고 할 때쯤에 박 씨는 이내 다음 말을 이어 갔다.

"중국은 축구 말고 다른 운동 종목은 모두 잘하는데 하필 축구를 물어보다니요."

박 씨의 한 마디에 그제야 중국 손님들이 옳다며 박수를 쳤고 상황이 역전되자 결국 질문을 했던 한국 손님은 박 씨가 부어 주는 벌주를 마시게 됐다.

박 씨는 역사를 '읽을 줄' 알았다. 역사를 읽을 줄 아는 사람은 세상 흐름도 읽을 줄 알고 타인의 속내까지 읽을 수 있는 거라고 믿었다. 박 씨는 한국 생활 25년을 흘려보낸 지금 명동에 상가 건물 한 채를, 중국 항저우에 용주 명의로 아파트 한 채를 사 놓고 있었다. 참 맞는 말이다 싶으면서도 경희는 똑같이 역사 연구를 하는 용주는 왜 박 씨와 다를까 머리를 갸웃했는데 경희 속을 읽었는지 박 씨가 혀를 끌끌 차며 말했다.

"내 아들은 지 애비를 닮아서 그래. 골고루 읽는 게 아니라 하나만 짓궂게 판다니까. 거기에 물이 나올지 안 나올지 어찌 알고."

5.

용주는 경희 손을 잡은 채 한참을 놓지 않고 시계만 멀뚱 멀뚱 쳐다보다가 말했다.

"쌍둥이를 낳으면 내가 육아할게. 2년 동안 쉬면서 연구 과제들을 다시 점검하는 것도 나쁘지 않아. 그리고 쌍둥이 양 육비랑 나중에 학비 같은 거 말이야. 항저우에 있는 아파트를 팔면···."

"그 아파트 시어머님 거라며. 명의는 용주 씨 것이지만 공 식적으로 아직 준 건 아니잖아."

결혼 얘기가 슬슬 오갈 때 경희는 용주 명의로 중국의 대 도시인 항저우에, 그것도 화려한 도심지 한복판에 아파트 한 채가 있다고 해서 깜짝 놀란 적이 있었다. 옷장에 걸려 있는 옷 세 벌만 늘 돌려 입으며 두꺼운 책에 파묻혀 사는 용주가 언제 대도시에 아파트까지 챙겼을까 싶었는데, 그때야 비로소 용주 는 박 씨의 얘기를 꺼냈다. 조선족 엄마들 치맛바람의 시조였 다는 박 씨는 용주가 항저우에서 역사학과를 졸업하고 박 씨의 등쌀에 못 이겨 2년간 직장 생활을 하는 동안 아예 용주 명의 로 아파트 한 채를 덜컥 사 버렸다.

항저우까지 용주를 보러 찾아온 박 씨는 며칠을 대도시의 번영을 즐기다가 한국에 돌아오기 전날, 바닷가가 훤히 보이는 해산물 시장에서 전복을 부술 듯이 힘차게 씹으며 용주에게 했던 말이 있었다. 비싼 돈을 들여 한 임플란트 덕을 톡톡히 봤던 그때 박 씨는 치아의 씹는 힘만큼이나 자신감에 넘쳐 있었다.

"아들, 한족들 틈에서 주류로 살아. 식탁 위에 메인 메뉴 같은 인생을 살아야지. 한족 며느리 데려와도 에미는 오케이다."

용주는 박 씨의 말에 늘 시원하게 대답하지 않았다. 나중에는 박 씨가 "아니요, 라고 해도 좋으니 머릿속에 생각이 들었다는 것만은 제발 확인시켜 달라." 말했을 정도로 용주는 꾹 다문 입술을 종내 열지 않았다. 그랬던 용주가 엄마 몰래 한국에 건너와 석사 공부를 시작했고 한 달이 지나서야 알게 된 박 씨는 한달음에 학교 앞에 와서 용주를 기다렸다. 일단은 나름 한국에서 알아주는 명문대였다는 것에 시름을 놓으면서도 왜 또 역사 공부인지 아들의 의중을 읽어 보려고 마스카라가 번진 눈에 힘을 잔뜩 넣고 용주의 표정만 살폈다지.

"난 말이야."

경희와 연애할 때 용주는 덤덤한 표정으로 말했다.

"어릴 때 엄마에게서 역사를 배우면서 왜 역사책에는 왕과 영웅 이야기밖에 없냐고 물은 적 있거든. 엄마는 당연하다는 듯이 역사는 승자와 강자가 이끌어 가는 것이니까, 라고 대답하더라고. 내가 또 물었지. 조선족 역사는 중국이든 한국이든 세계 어느 역사 교과서에도 상세하게 기재되어 있지 않잖아요. 우린 역사 속 패자이고 약자라서 그런가요. 엄마가 또 대답했지. 비단 조선족뿐만 아니라 세계 어디서나 주류에 속하지 않는 작은 물줄기 같은 존재들이 있지. 시간이 흐르면 결국 다 큰 물줄기에 흘러들어 다 함께 바다로 가지 않겠니, 라고. 나는 역사에 기록되지 않는 작은 물줄기들이 슬펐어."

용주가 입을 꾹 다물고 머릿속에 배추김치처럼 절이고 발효시킨 생각을 처음 털어놓은 상대는 경희였다. 용주가 한마디를 하기 무섭게 바로바로 반응하는 박 씨와 달리 경희는 가타부타 말이 없이 듣기만 했다. 용주는 경희가 무던한 성격이라 그런가 보다 했지만 사실 그날 경희는 회사에 골치 아픈 일이 생겨서 심란한 마음으로 야버즈를 먹는 데 몰두했을 뿐이라는 걸 둘은 나중에야 서로 알았다. 용주의 얘기를 주의 깊게 듣지 않았음에도 그날 자취방에 돌아온 경희는 용주가 했던 말들이 드라마 속 남자 주인공의 명대사처럼 시도 때도 없이 떠올랐다. 딱히 로맨틱할 것도, 강렬한 것도 없었던 용주의 속내가 그때는 경희의 마음에 들었다.

언젠가 기범이가 아무렇지 않게 묻던 질문이 생각났다.

"그래서 너네 중국 교포들은 어떻게 되는 거야?"

"뭐가 어떻게 돼?"

"한족화가 되든 귀화하든 줄 잘 서야 될 것 같은데. 미래
학자들이 예언하기를 몇십 년 안에 주류 언어 몇 가지만 남을
거래. 다른 언어들은 사용자들이 줄어들면서 자연스럽게 소멸
될 거라는데."

경희는 기범이 입에서 자연스럽게 나오는 소멸이라는 단
어가 기분 나쁘게 느껴져서 퉁명스럽게 대답했다.

"이중 국적자나 이주민이 요새 얼마나 많은데 그냥 그쯤
으로 이해하면 되지 뭘 소멸까지야."

"내가 느끼기엔 조선족들은 좀… 이중 국적자나 이주민과
다른 것 같애. 뭔가 자기 것을 집요하게 고집한다고 할까. 중
국에서는 민족적인 걸 강조하고 한국에 오면 또 중화사상을 내
세우잖아. 스며들지 않으려고 어떻게든 애를 쓰는 것 같기도
하고 뭔가를 지키려고 그러는 것 같기도 하고… 그게 한낱 약
자의 자존심이라면 곤란하지만 어떤 정신에 의한 것이라면 이
해할 수도 있을 것 같아."

너는 어느 쪽이냐는 의미심장한 기범이의 눈빛에 경희는
할 말을 잃었다. 그때부터 기범이가 중국이나 조선족에 대해
어떤 질문을 하든 경희는 해석하고 싶고 반박하고 싶어 움찔
하는 자신의 마음을 가만히 들여다봤다. 그동안 정체성에 대
해 성실하고 진지하게 고민하지 않아 마음 한구석이 부패해 버

린 결과 이런 질문들이 불편해진 것은 아닐까 하는 결론에 다 다랐을 때, 경희는 기범이의 질문에 예민하게 반응했던 것들이 부끄러워졌다. 기범이는 토론을 원했고 정작 경희는 매번 감정적으로 대처했다는 것을 뒤늦게 알아 버렸다. 어쨌든 경희는 기범이를 흘려보냈다. 그리고 용주를 만났을 때 그녀는 토론이 아니라 이것저것 자신의 연구 내용이나 결과를 알려 주는 용주의 얘기를 홀린 듯 듣게 됐다. 용주는 조선족 역사뿐만 아니라 중국 역사, 한국 역사, 세계 역사에 대해 아는 것이 많았다. 이것은 이렇고 저건 저렇다고 말하는 경우도 있었지만 대부분은 어떤 자료에서는 이런 주장을 하고 있고 어떤 역사학자는 어떠한 견해를 내놨다는 식이었다. 경희가 어떤 예민한 역사 문제에 대해 가끔 용주의 개인적인 견해를 물으면 용주는 눈금 저울 속 바늘처럼 파르르 눈동자가 흔들리다가도 어딘가로 더 기울어진 마음을 그대로 알려 줬다. 용주는 어떻게든 진실에 더 가까워지고자 하는 연구자였다.

"자본주의 본질이 무엇인 거 같아? 나는 하이에나처럼 물불 가리지 않고 뭐라도 더 얻는 것이라고 생각해. 그와 반대로 인간의 본질은 내 것이라고 믿는 것만 평생 지키는 것이라고 봐. 아이러니한 건 얻는 것과 지키는 것 둘 다 하기에 인간은 벅찬 존재라는 거야. 얻으려고 공격하는 인간과 지키려고 수비하는 인간의 충돌이 그동안의 역사를 끌고 왔던 것 같아."

용주가 이 말을 할 때쯤 경희는 용주와 결혼했다. 용주는 얻는 것보다 무언가를 지키기 위해 태어난 사람이었다는 게 경희에게는 형언할 수 없는 안정감으로 다가왔다.

6.

박 씨는 용주가 경희의 손을 잡고 왔을 때 "조선족 여자야?"라고 대놓고 물었다. 그리고는 이내 당황해하는 경희의 표정을 보고는 어떤 맥락인지는 모르겠지만 용주의 태몽 이야기를 꺼냈다.

"용주라는 이름말이야, 내가 지어 줬어. 태몽을 꿨는데 하얗고 커다란 용이 하늘에서 꿈틀대는데 암만 봐도 고통에 몸부림치는 것 같더라고. 하늘에서는 비도 오고 어둡고 번개에 천둥소리에 난리도 아니었지. 용이 갑자기 꺼억 하고 천둥 같은 소리를 내더니 입에서 구슬을 토해 내더라고. 구슬이 바닥에 떨어져서 데구르르 굴러가는데 글쎄 무슨 용기인지는 모르겠지만 내가 그 구슬을 덥석 잡아 치마폭에 감쌌지. 한참 있다 진정하고 치마폭을 다시 열어 보니 깨졌던 부분도 거짓말처럼 사라지고 세상 티 없이 맑은 구슬이 눈앞에 있는 거야. 그리고는 용은 사라지고 하늘도 다시 맑아지는 게 깨고 나서도 너무 생생해서 심장이 두근거리데. 그래서 애가 용주야, 용주."

용주에게 장난삼아 "설마 니 이름 뜻이 용 구슬은 아니지?"라고 물었었는데 진짜였다니, 어쩐지 태몽을 듣고 나니 깔깔 웃던 처음과는 달리 사뭇 진지해진 경희는 이내 박 씨가 줬던 불쾌함을 가볍게 넘길 수 있었다.

경희는 며칠 동안 심란한 마음으로 쌍둥이를 임신할 경우 몇 개월부터 배가 육안으로 보일 정도로 나오는지, 쌍둥이 양육비는 매달 얼마 정도 감당해야 하는지를 검색하며 쇼리에게는 언제쯤 임신 사실을 알려 주는 게 적절할까 고민했다. 그때에야 비로소 경희는 고등학교 친구 다섯 명이 모여 매일 끊임없이 육아 정보를 공유하고 자잘한 삶의 고민들을 나누던 카톡방을 예의주시하게 됐다. 요즘에 카톡방 속 친구들은 고작 서너 살 된 아이들을 두고 학군이 좋은 학교를 판단하는 기준은 무엇이며, 외국인의 경우 학비는 얼마 정도인지에 대해 매일 쉬지 않고 떠들어댔다. 애 한 명 정도는 허리띠를 졸라매면 그런대로 한국에서 평범한 한국 아이들과 비슷하게 키울 수 있지만 둘이면 정말 벅차다며, 한국에서 살아내기도 힘들고 이제 와서 중국에 돌아가기에는 기반이 없는 자신들의 처지를 비관하기도 했다. 경희는 차마 그 카톡방에 쌍둥이를 임신했다는 말도, 남편 명의의 아파트가 한 채 있다는 말도 할 수가 없었다. 이미 깔끔하게 영구성 피임까지 끝냈다는 그녀들은 아이가 한 명뿐인데도 지친다는 말을, 지치지 않는 입으로 매일 했다. 그녀들은 경희만큼이나 미래에 대한 염려와 비관적인 사고로 무장되어 있었는데 이를테면 중국 국적 아이라고 학교에서 왕따당하지는 않을까, 국제학교가 아닌 이상은 본토인처럼 중국어를 배우기는 글렀는데 한국 교육을 계속 받다 보면 한국 아이와 다를 게 뭔가, 아이가 국적만 중국일 뿐 스스로를 한국인으로 인지하게 되지는 않을까 등등 열띤 토론을 시도 때도 없이 이어 갔다. 잠 못 이루던 몇 날 밤을 경희는 3개월간의 카톡 내용들을 꼼꼼히 읽었다. 이제야 살에 와닿는 내용들에 그녀는 늦은 밤 누워 읽다가도 잠을 확 깰 때가 있었다.

어떤 식으로라도 좌표가 정해지지 않으면 불안했기에 경희는 용주에게 그때그때 떠오르는 질문들을 던졌다.

"우리도 아이들을 계속 한국에서 키울 거야? 용주 씨는 이제 중국에 들어갈 마음을 아예 접었어?"

"우리가 지키고 싶은 게 뭔지 생각해 보자. 그럼 선택이 훨씬 더 쉬워지지 않을까."

"나야 당연히 뱃속 아기들의 미래를 지키고 싶지. 용주 씨야말로 지키고 싶은 게 무엇이기에 그렇게 역사 연구에 몰두하는 건데?"

경희에게 용주는 여전히 답답한 존재였다. 변덕스러운 날씨처럼 용주가 이해되는 날, 감탄하게 되는 날, 든든하게 느껴지는 날도 꽤 있었지만 화가 나는 날, 답답한 날도 만만치 않게 많았다. 용주 말처럼 경희는 무언가를 지키기 위해 열심히 살아왔었다. 목표를 정하고 얻기 위해 살아가는 사람들도 수두룩하겠지만 경희처럼 평범한 일상을 지키기 위해 애쓰는 사람이 훨씬 많다고 경희는 그렇게 믿었다. 누구나 하나쯤은 소유하기를 원한다는 명품에도 별 욕심이 없고 드라마 속 윤택한 삶을 살아가는 주인공을 봐도 부럽지 않았다. 대학을 졸업하고 경희가 취직하면서 지키고 싶었던 건 고향에서 시름시름 앓고 있는 홀어머니였다. 그때 몇 년간 돈을 차곡차곡 모아 엄마는 드디어 신장 이식 수술을 받아 지금은 건강이 많이 좋아졌다. 그제야 그녀는 사치라고 느껴졌던 연애를 할 수 있었고 기범이는 그녀가 지키고 싶은 두 번째 사람이었다. 그때도 차곡차곡 적금을 하면서 경희는 어쩌면 기범이와 결혼해서 살지도 모를 미래를 준비했다. 이 세상에 경희처럼 가진 것이 많지 않아도 거미줄 같은 일상에 위태하게 붙어 있는 가족과 무탈하게 잘 살아가면서 소확행을 누리는 것에 만족하고 그것을 지키려고 노력하는 사람이 얼마나 많은지 용주는 모르는 것 같았다.

경희는 입덧이 심하지는 않지만 대신 하루에도 몇 번 기

분이 오르락내리락하며 울적해졌다. 용주가 아무도 주목하지
않는, 수확도 없는 황폐한 밭을 지키는 파수꾼이나 허수아비처
럼 느껴지는 날이면 경희는 멀거니 쑈리의 정수리 너머로 보이
는 작은 창문 밖을 내다봤다. 쑈리의 책상 옆 파티션만 최상급
이었는데 애초에 쑈리에게 필요한 건 파티션이 아니라 소음 제
거기였을지도 모른다고 생각될 만큼 쑈리는 매일 엄청난 데시
벨의 목소리로 중국의 따거, 거멀들과 중국어로 통화를 했다.
일 년에 두 번은 계약도 따올 겸 친목도 따올 겸 칭다오에 가서
몇 날 며칠을 연락 두절하고 놀다 돌아오거나 중국의 인맥들
이 한국에 들어와 대접을 받고 돌아갈 때가 꽤 있었는데 그것
만으로도 회사에 계약이 끊이지 않는 게 쑈리 나름의 능력이라
면 능력이었다. 경희는 회사의 누군가가 불러 오는 배를 보고
먼저 눈치를 채지 않는 이상은 임신한 사실을 쑈리에게 최대한
늦게 말하기로 했다. 사실 이 일도 좋아서 한다기보다는 일을
꾸준히 함으로 인해 일상을 든든하게 잘 지켜 올 수 있었으므
로 경희는 그것에 만족했다. 그에 비해 용주는 일상을 지키기
보다 자신이 하고 싶은 것을 하고 있었다. 그런 용주를 지켜 준
건 경희와 박 씨였다. 용주라서, 용이 아니라 용 구슬이라서 깨

* '따거'는 큰오빠나 큰형을 뜻하는 말로 혈육 관계가 아닐지라도 친분이 있
는 연장자에게 편하게 사용할 수 있는 존칭이다. '거멀'은 둘도 없는 친구, 단짝
이라는 뜻으로 주로 남자들이 상대방과 친한 사이임을 강조할 때 사용한다.

지지 않게 누군가에 의해 보호받아야 할 팔자인가, 시답지 않은 생각을 하며 경희는 피식 웃었다.

7.

어느 순간 경희는 무언가를 지킨다는 생각을 놓아 버렸다. 그녀가 손을 놓아 버린 일상은 지킨다고 애썼던 때와 크게 다를 바 없이 불온한 걸음으로 아장아장 걸음마를 갓 뗀 아이처럼 한 번씩 비칠거리면서도 앞으로 잘도 걸어 나갔다. 배 속의 아이도 지킨다고 생각했는데 생명은 그녀의 의지와 무관하게 매일이 무섭게 자랐다. 생명을 지키는 건 그녀가 아니라 생명 그 자체인지도 모를 일이었다. 용주는 여전히 연구에 몰두하고 있었고 간간이 연구비를 받아 왔다. 내년에는 집에서 육아를 한다더니 교수와 함께 중국 역사와 한국 역사의 충돌 지점들을 찾아 연구한 책 출판을 출판사와 이미 계약하고 진행 중이라 했다. 내년 봄까지 원고를 마감해야 해서 출장도 잦았고 여느 때보다 바빠 보였다.

대신 경희는 용주가 야버즈로 태교하냐고 걱정할 정도로 며칠에 한 번씩 대림에 들러 야버즈를 사서는 울적한 시간대면 옥상에 올라가 먹었다. 씹히는 건 딱딱한 뼈인데 혀를 현란하게 움직여 뼈만 밖으로 뱉어 내고 고기를 훑어 내야 하는 건 언제나 똑같았다. 이건 동일하게 삶의 스킬이어야 한다고 경희는 생각했다. 삶의 고단함과 팍팍함, 딱딱함은 어떻게든 밖으로 밀어내고 즐겁고 좋은 것들만 내 것이면 얼마나 좋겠느냐고, 그러면서도 이게 바로 뭔가를 얻기 위한 욕심인가 싶어 흠칫하기도 했다. 경희는 끝까지 고등학교 친구들의 카톡에 심란한 마음을 내비치지 못했다. 쌍둥이를 임신했어도 항저우에 아파트 한 채가 있다는 사실만으로, 여전히 반지하에 살거나 은행에서 대출을 받아 투룸 빌라에 살면서 아이들의 옷을 서로 물려주고 아이의 기저귀 떼는 시기를 걱정하는 그녀들의 공감을 얻지 못할 것 같았다. 함께 깊이 공감할 수 있었던 단 하나의 주제는, 그녀들이나 경희나 이제 어딘가에 온전히 마음을 두고 정착하고 싶다는 마음이었다. 인간에게 안정감이란 얼마나 중요한 건데, 친구들이 카톡방에서 한숨을 쉴 때 경희는 눈팅만 하다 저도 몰래 "맞아, 맞아!" 하고 맞장구를 쳤다. 그녀들은 중국에 돌아가든지 한국 국적을 따든지 둘 중 한쪽으로 마음을 붙이자며 입을 모았지만 현실적인 문제들, 정체성에 대한 고민 등등을 쉴 새 없이 털어놓다가 늘 결론 없이 흐지부지하게 대화를 마무리했다. 누군가가 카톡방에서 장난처럼 "야, 하다못해 마라탕과 양꼬치도 한국에서 정착을 했는데 우린 이게 뭐니."라고 실없는 농담을 던지자 친구들이 너도나도 꺄르르르 웃는 이모티콘을 남발했다. 그리고 그녀들은 며칠 동안 잠잠했다. 경희는 마라탕이나 양꼬치처럼 이질감 없이 어느 한쪽에 스며들어 잘살고 있는 것 같은 박 씨나 쑈리를 생각했다. 그리고는 차이나타운에 머무를 수밖에 없을 것 같은 야버즈를 오래오래 씹었다. 단단한 뼈를 떠난 쫀득한 질감과 짭짜름한 맛이 경희의 혀에 오늘따라 더 친숙하게 달라붙었다.

낮과 밤

* 제3회 중국조선족청년문학상 금상 수상작.
『연변문학』 2023년 제2호에도 실렸다.

나의 본격적인 사회생활은 스물여덟쯤에 시작됐다. 문학학도랍시고 석사 공부까지 했지만 졸업하자마자 글쓰기를 접고 일반 사무직으로 취직했다. 일찍이 사회생활을 시작해 야무지게 적금을 하며 커리어를 차곡차곡 쌓아 가거나, 당장은 손에 아무것도 없지만 과감하게 방황하고 고민하며 뜨거운 나만의 노래 한 곡 정도는 부를 수 있을 것 같은 또래들 사이에서, 나는 성실한 개미도 소울풀한 베짱이도 아닌 애매한 존재로 정체되어 있었다.

가장 큰 모순은 낮과 밤의 간극에 있었다. 낮에는 사무실에 앉아 매달 내 통장을 잠시 스칠 월급을 위해 컴퓨터 키보드

를 쉴 새 없이 두드리며 파일을 주고받다가 저녁에는 '오늘 밤
에도 별이 바람에 스치운다'는 윤동주의 맑은 시나 '사람은 저
마다 그 자신일 뿐만 아니라, 단 한 번뿐이고 아주 특별한, 그
어떤 경우에도 중요하고 주목할 만한, 이 세상의 여러 현상이
단 한 번, 반복되는 일 없이, 거기서 그렇게 교차하는 하나의
점이기도 하다'는 헤르만 헤세의 긴 문장을 읽었다. 낮에는 평
정심을 잃지 않고 현실에 열심히 적응하며 불현듯 올라오는 어
떤 감정이든 애써 밑으로 끌어내리다가, 긴장을 풀게 되는 밤
에는 마음 밑바닥에 침잠해 있던 멜랑꼴리나 박애 같은 것들이
문장의 입김에 힘을 입어 서서히 위로 솟아올라 부유하며 빛처
럼 반짝였다. 그 순간 내 마음은 고요하고 잔잔한 깊이에 수많
은 생명체를 품은 바다 심층의 풍경이 되는 것 같았다. 그렇게
마음에 지구의 중력과 바다의 부력을 모두 품은 채 스물여덟
번째 해를 보냈다. 그때의 나는 낮보다 밤을 더 사랑했다.

그러다 그해 가을밤 자정 넘은 시간, 깊은 잠에 빠져 베갯
잇에 침이 한가득 고였던 때에 국경 너머 그녀의 전화를 받았
다. 낯선 번호였고, 미세한 진동이었지만 가늘고 긴 진동은 잠
깐 쉬었다 울리기를 계속했다. 눈을 덜 뜬 채로 손만 허우적대
며 가까스로 베개 옆 핸드폰을 찾았다.

"여보세요."

새벽인지 아침인지 그녀의 목소리를 듣기 전에는 몰랐다. 알람이 울린 기억이 없는 것으로 보아 출근 시간을 놓친 것은 아니라는 안도와 잠기가 엉킨 목소리로 전화를 받았다.

"나야. 너무 늦게 전화해서 미안해. 살고 싶어서 전화했어."

'나야.'가 누구인지 도저히 감을 잡을 수가 없어서 나는 잠시 침묵했다. 십중팔구는 잘못 걸려 온 전화일 거란 생각에 "제가 누군지 아세요?" 하고 물었다. 차마 누구세요, 라는 말을 못 꺼낸 건 상대가 제대로 알고 전화한 거라면 큰 실례가 될 것 같다는 생각 때문이었다.

그녀는 내 이름을 정확히 말했으므로 나는 잠을 확 깼다. 그리고 그녀와 두세 번의 대화가 더 오가는 동안 그녀가 누구인지를 빨리 알아채기로 했다.

"잘 지냈어?"

"잘 지냈으면 이 시간에 너에게 전화를 안 했을 거야. 자는데 전화해서 너무 미안해."

"아, 괜찮아. 급한 일이 있나 보다."

"그냥 네가 생각나서."

"아아, 그랬구나."

"응. 밤만 되면 우울증이 심해져서 죽고 싶을 때가 많거든. 이제 수면제도 내성이 생겼는지 효과가 미미해. 갑자기 잠이 혹 오다가 이십 분 뒤에 또 눈이 떠져. 눈을 감았다가 떠 보니 아침이면 얼마나 좋을까?"

나는 재빨리 머릿속으로 알고 있는 사람 중에 우울증을 앓고 있는 지인이 있었나 떠올려 보았지만 도무지 기억나는 사람이 없었다. 그녀가 우울증이 있다고 했기에 나는 더 조심스러워졌다. 차마 기억나지 않는다는 말을 할 수가 없어서 자연스럽게 대화를 이어 갔다.

"아… 오늘 밤도 이십 분 정도 자다가 이 시간에 잠을 깬 거야? 잠을 깨면 다시 자기가 힘들어져?"

"응. 깬 지는 벌써 한 시간 넘었어. 운 좋으면 다시 잠들게 되기도 하는데 오늘 밤은 왠지 더 잘 것 같지는 않고 해서 고등학교 때 받은 방명록을 뒤지다가 맨 마지막 페이지에 네가 쓴 내용을 읽고 전화한 거야. 힘들 때는 언제든 연락하라고 쓰여 있네. 힘들 때 연락하라고 쓴 사람은 너밖에 없어. 그래서 미주에게 네 연락처를 물어 전화했지."

우울증을 앓고 있는 사람답지 않게 그녀는 맑은 목소리로 말을 잘했다. 그녀의 말속에 담겨 있는 정보들을 바탕으로 나는 용케도 그녀가 미주의 친구인 영혜라는 걸 기억해 냈다. 미주와 학교 앞 분식집에서 밥을 먹다가 김밥을 포장하러 긴 머리를 대충 묶고 어두운 표정으로 들어온 그녀와 마주치면 미주는 항상 먼저 말을 걸었고 나도 옆에서 한 번씩 알은척을 했었다. 미주가 그랬었다. 영혜는 중학교 때 옆자리 짝꿍인데 착하고 조금 어두운 구석이 있는 아이라고. 고등학교를 졸업할 때 영해가 복도에서 내게 졸업 방명록 한 장을 불쑥 건넸다. 나는 당황함을 애써 감추며 받았고 딱히 쓸 말이 생각나지 않아 항상 건강하고 좋은 대학 가고 행복해, 등등의 문구들을 적어 넣다가 마지막에 "힘들 땐 언제든지 연락해, 진심이야."라고 끝을 맺었다. 쓰다 보니 미주가 했던 말이 생각이 나 마지막 마무리쯤에 나는 정말 약간의 진심이 되고 말았다.

본격적으로 그동안의 이야기를 들었다. 고등학교에 다닐 때도 가끔씩 우울해지고 죽고 싶은 충동을 느끼긴 했지만 낯선 도시의 대학에 진학한 뒤로 증상이 더 심해져 학교생활에 적응하지 못하고 휴학을 했다고 한다. 사람들은 작은 것에도 하하호호 웃고 신나기도 하고 작은 기쁨과 낙을 누리기도 하면서 컬러풀한 세상에서 살고 있는 것 같은데 그녀만은 흑백 세상에서 무감각한 채로 정지되어 있는 것 같다고 했다. 정신 상담을 받으며 항우울제를 처방받아 버티기를 벌써 몇 년, 내가 대학원을 졸업하고 취직하는 동안 그녀는 엄마의 재산을 다 털어먹으며 상담 치료를 받고 약을 복용하고 있었다.

그녀가 한없이 우울한 목소리로 하소연을 했다면 나는 다소 부담스럽고 버거워 적당히 분위기를 봐서 전화를 끊었을지도 모른다. 다행히 이야기를 들려주는 그녀의 목소리에는 부담스럽지 않을 정도의 감정이 실려 있었고 자신의 처지에 대해 나름의 객관적인 통찰이 있었기에 나는 앞뒤 맥락이 있는 이야기를 큰 힘을 들이지 않고 들을 수 있었다. 물론 그날 밤 나의 역할은 경청이라는 것을 의식한 것도 있었다. 울적한 날도 있었으나 내게 살아간다는 것은 숨을 쉬는 만큼 자연스러운 것이었기에 그녀에게 공감하는 일이 쉽지는 않았다. 십 년 전 그녀의 방명록에 쓸 말을 찾지 못해 버벅거릴 때보다 지금은 더 해 줄 수 있는 게 없어서 귀를 열고 들었다.

새벽 5시쯤에 그녀는 전화를 끊었다. 새벽 공기를 마시면 정신이 맑아진다며 엄마가 한 달째 억지로 끌고 나간다는데 그녀는 이 시간이 제일 싫다고 했다. 통화 말미에 얼결에 "또 전화해."라고 말해 버리고는 전화를 끊은 뒤 어쩌면 내 원수는 바로 생각 없는 내 입이 아닐까 생각했다. 그대로 뻗어 잠들었다가 깬 시간은 아홉 시 이십 분, 어디쯤 왔냐며 불쾌한 목소리로 걸려 온 팀장의 전화를 받고서 겨우 일어났다. 몸이 좀 아팠다는 거짓말을 둘러대고는 부랴부랴 물 세수를 하고 지하철에 앉아 화장을 했다. 상황이 밀어붙이면 성실함과 정직함을 신조로 여긴다던 나조차 뇌와 상관없이 입에서 거짓말이 나온다는 것과, 지하철에 앉아 화장하는 여자를 이해할 수 없는 눈초리로 바라보던 내가 바로 그 행위를 한다는 것에 한없이 주눅이 들고 겸허해졌다. 낮이었는데도 마음 바닥에 가라앉아 있던 찌꺼기 같은 빛이 외부의 흔들림을 이기지 못하고 살짝 떠올랐다가 천천히 멋쩍은 듯 가라앉았다.

그날 밤에도 그녀로부터 전화가 걸려 왔다. 밤 10시였다. 딱 한 시간만 들어 주다가 적당한 타이밍에 전화를 끊어야지 싶었는데 어쩌다가 새벽 세 시까지 전화기를 붙들고 있었다. 그러다 그녀가 "밤은 특히 견디기 힘들어. 낮에는 사람들의 와자지껄한 소리에 그런대로 우울함이 덜한데 밤엔 오롯이 혼자잖아. 우리 엄마도 첫 며칠은 행여 내가 무서운 일을 벌일까 걱정하며 밤을 지켜 주더니 이젠 코까지 골면서 잘 자고 있어. 내가 이 밤에 죽는다고 해도 사람들은 깊이 잠들 거고 잠깐 슬퍼할 수도 있겠지만 이내 나 없이도 일상을 잘 살아가겠지?"라는 말을 한 찰나에 웅얼웅얼 알아듣지도 못할 잠꼬대 같은 대답을 하다가 잠들어 버렸다. 나는 분명히 평소처럼 잠들자마자 신나게 코를 골았을 것이고 그녀는 그때 어떤 기분이었을지 감히 상상할 수가 없었다.

다음 날 아침 깨자마자 그녀에게 위챗 문자를 보냈다.

"어젯밤은 미안했어. 깜빡 잠들어 버렸네."

그녀는 답이 없었으므로 자나 보다 싶으면서도 불안함을 이기지 못하고 출근길에 그녀에게 전화를 걸었다. 뚜, 뚜 통화 연결음만 들리자 두려움이 엄습했다.

그녀는 종일 답이 없었다. 일하다가도 위챗을 확인해 보기를 몇 번, 이건 단순히 화내고 삐지는 소소한 문제가 아니라 생사가 걸린 문제였으므로 여느 낮처럼 평정심을 가져 보려던 마음이 중력을 무시한 채 경미한 지진을 겪는 듯 흔들거리기 시작했다.

낮이었음에도 은밀한 감정들은 침전물처럼 밑으로 가라앉지 않은 채 어느 때보다 또렷하게 보였다. 내가 만약 그녀의 마지막 통화 상대였다면 그녀의 끝이 내게 어떤 감정과 기분을 남겨 줄지 상상할 수 없어 부담되는 마음. 그녀가 만약 오늘 밤에도 연락이 온다면 내가 감당할 몫까지만 친절을 베풀다가 적절한 타이밍에 자연스럽게 연락을 끊고 다시 나만의 평화로운 밤으로 돌아가고 싶은 지극히 당연한 듯한 이기심. 그리고 그 끝에는 어떻게든 부인하고 외면하고 싶었던 적나라한 진실 하나가 덩그러니 놓여 있었다. 난 사실 영해의 생사에 크게 관심이 없다는 것.

나는 애써 항변했다. 그녀는 내가 사랑하는 가족도, 친구도 아닌 데다 난 전문가도 아니고 매일 밤 전화통을 계속 붙들고 있긴 더더욱 힘들다고, 차라리 내가 한 달만 밤마다 잠을 자지 않고 그녀와 통화를 함으로써 그녀가 우울증에서 벗어날 수 있다는 보장이라도 있다면 모를까, 대부분의 사람은 다 그러하다고, 우울한 지인을 만나면 힘내라고 밥 한 끼 사 주면서 힘든 사정을 들어줄 수 있지만 같은 연락이 반복되면 정신과 의사를 만나 치료는 받고 있는지를 확인하거나 운동을 해 보고 강아지라도 길러 보라고 조언을 하지 않느냐고, 다수의 일반인이 할 만한 사고방식과 태도를 나도 취하고 싶을 뿐이라고 핑계를 한가득 늘어놓으며 퇴근길에 우울증 치료를 검색해 보다가 내릴 역을 놓쳤다. 잘못 내린 역 벤치에 가만히 앉아 왜 이렇게 기운이 없을까 생각을 해 보니 이성적인 핑계를 수없이 대는 낮의 본능과 괴테의 시를 읽고 헤르만 헤세의 소설을 읽는 감성적인 밤의 마음이 씨름을 하고 있었다.

나는 다시 밤을 기다렸다. 밤의 기운을 빌려 그녀가 잠들기 힘들다는 시간대에 전화를 걸어 뭐라도, 방명록에 작은 진심을 담았던 예전처럼 솔직하게 할 수 있는 응원을 해 주고 싶었다. 자정을 훌쩍 넘는 밤을 기다리며 내가 읽었던 책은 서머싯 몸의 단편선이었다. 『달과 6펜스』를 읽은 후 작가의 다른 책들을 찾아 읽는 중이었는데 서머싯 몸이 들려주는 이야기들은 흥미진진하기 그지없었다. 용기가 없어 평범함 안에 갇혀 살며 독서로 대리만족을 느끼는 나에게 만약 그녀가 전화를 받아준다면 어쩌면 서머싯 몸이 들려주는 이야기 속 한 페이지 양에 해당할 특별한 일들이 생길 것 같았다.

그녀는 통화 연결음이 울린 지 한참이 지난 뒤에야 전화를 받았다.

"살아 있네. 아이고, 깜짝이야."

짐짓 오버스러운 목소리로 안도의 숨을 내쉬자 그녀는 웃었다. 웃어야겠다고 판단이 되어 억지로 쥐어짜는 웃음 같았다.

"연락 안 해도 돼."

어제와 달리 그녀의 목소리에는 감정 하나 실리지 않았으므로 나는 그제야 그녀가 확실히 우울증을 앓고 있다는 사실을 피부로 느낄 수 있었다.

"뭐야. 네가 먼저 늦은 밤에 전화해 놓고는."

"그때는 지푸라기라도 잡고 싶은 심정이었는데 지금은 다 귀찮아졌어. 가끔은 미친 듯이 사람에게 기대고 싶다가 다음 날은 사람이 끔찍할 정도로 싫어져. "

"그랬구나. 그래도 싫은 감정을 이겨 내고 전화를 받아 줘서 고마워. 나는⋯ 네가 사는 게 얼마나 힘든지도 모르면서 그래도 네가 계속 살았으면 좋겠거든."

"그러게 사람들은 참 웃긴 것 같아. 다들 살기 힘들다 하면서 자꾸 나보고 그래도 살래. 스스로도 사는 이유를 모르면서 왜 죽는 건 꼭 나쁜 거라고 생각하지? 내가 어쩌다 용기 내어 죽으려고 하면 엄마는 울고불고 난리 나고 앰뷸런스가 뛰어와 날 구해 줘. 그렇게 살고 나면 또 나 혼자 우울증과 싸워야 해.

결국은 또 나 혼자만의 싸움이라고. 그런데 자꾸 날 살려 놔."

그녀는 그날따라 컨디션이 크게 나빠 보였다. 난 어떤 위로도 건네지 못한 채 전화기를 들고 그녀의 울음소리를 듣고 있었다. 그녀의 말처럼 사람들은 다들 바빠서 누군가에게 오래도록 옆에 머물도록 자리를 내주지 못하지만 또 정작 그 누군가가 옆에서 영영 사라지면 그것을 비보라고 표현하지 내리던 비가 멈춘 것처럼 자연스러운 일로 생각하지 않는다. 사람들은 서로가 나무이기를 바란다. 크게 신경 쓰지 않아도 나무처럼 스스로 건실하게 오래오래 그 자리에 있어 주면서 필요할 때나 생각날 때 돌아보면 마냥 푸른 나뭇가지를 흔들어 주는 그런 존재 말이다.

난 최대한 흔들리지 않는 단단한 목소리로 그녀가 하는 모든 말의 마디마다 문장 부호를 달아주는 심정으로 "그랬구나." "아, 그랬어?" "그럴 만했네." "그럴 수도 있었겠다."와 같은 추임새를 넣었다. 30분이 지난 뒤 그녀는 여전히 콧물을 훌쩍였지만 조금은 안정이 되었던지 책에서 본, 그 어떤 문호의 명문장보다 더 내 마음의 부력을 자극하는 말을 했다.

"난 솔직히 네가 이렇게 밤늦게 연락이 와서 놀라고 내심 반가웠어. 이렇게 늦은 밤 내가 잠 못 드는 줄 알고 전화를 걸어 준 사람은 네가 처음이거든."

"영해야, 엊그제 내게 전화 해서 그랬었지. 살고 싶어서 전화했다고. 나도 네가 살았으면 좋겠어서 먼저 전화를 걸었어. 생각해 보니 매일 늦은 밤마다 통화하긴 어렵겠더라. 하지만 저녁마다 난 책을 읽는데 네가 괜찮다면 한 시간씩 통화로 책을 읽어 줄까 싶어. 어때?"

그녀는 괜찮다고 거절했다. 누군가에게 짐이 되고 부담이 되는 일은 그녀를 더 우울하게 만든다고 했다. 새벽에 그녀의 엄마가 그녀를 끌고 산책을 나가고 오후쯤에 그녀의 삼촌이 매일같이 명언 한 구절을 문자로 보내 주고 있었다.

삼촌은 이미 3년이 넘게 명언을 보내 주었는데 거기엔 '힘든 시간은 지나가고 태양은 그 어느 때보다 밝게 빛날 것'이라는 말을 해 놓고 소총으로 자살한 헤밍웨이도 있었다. 그녀는 삼촌이 자살한 위인의 명언을 보내오는 날이면 답장을 꼭 했다. 삼촌, 이 위인은 자살했어, 라고. 그럼 삼촌은 "아, 미안!" 하고는 다음에 또 잊고 그 위인의 명언을 보내 준다는 말끝에 그녀와 나는 동시에 까르르, 웃었다. 언젠가 그녀의 엄마가 포기하고 더 이상 산책을 강요하지 않을 때, 삼촌이 더 이상 보내 줄 명언이 바닥날 때 그녀는 미안함 없이 떠날 수 있을 것 같다고 했다.

"난 충분히 감동했어. 마음은 고마워."라고 그녀가 마지막 말을 하고 전화를 끊었지만 이미 부력을 못 이긴 내 마음 안에 오래전 기억 하나가 물병 안에 누군가 소중히 써서 넣어 둔 편지처럼 떠올랐다.

　　어릴 적 방학이면 부모님께 등을 떠밀려 할머니가 사는 시골에서 내려가 한 달을 보낸 적이 있었다. 할머니는 날이 어스름해지면 저녁밥을 먹자마자 코신을 끌고 내 손을 잡고 동네 이웃들의 집에 들렀다. 저녁 마실이라고도 하는 그 일은 "집에 있는가~?"로 시작되고 그 집 할머니는 불을 꺼 둔 채로 "손녀도 같이 왔네그려. 어서 오게~" 하며 할머니의 손을 안방으로 끌었다. 흑백 티브이에서는 몇 번도 넘게 재방 중인 드라마가 한창이고 이불 밑에 다리를 넣고 이불 위에 해바라기씨를 담은 그릇이 놓여 있었다. 할머니는 아무렇지 않게 그 집 이불에 다리를 슥 집어넣고는 내게 손짓했다. "얼른 와서 앉아, 이불 밑이 따뜻하다." 좁은 이불 밑에는 할머니의 허벅지와 집주인 할머니의 허벅지의 느낌이 닿아 낯설기도 하고 묘하게 따뜻하기도 해서 해바라기씨 한 줌 정도를 까면서 두 사람 이야기를 듣다가 잠드는 날이 많았다. 별것 아니지만 별것 같은 이야기를 두 분은 오손도손 나눴다. 낮에 뚱보 할매가 소리 질러서 많이 놀랐제, 그러려니 하이, 그 고약한 할매 어디 한두 번인가. 그나저나 내년에는 수박도 심어 볼라고 한다던 게 신중하게 생각한 거 맞제, 이 지역 땅은 수박 농사가 잘 안된다고 해서 걱정이 돼서그려.

할머니가 살던 시골의 사람들은 배고픈 날, 서러운 날, 절망 가득한 날도 겪었지만 아무도 스스로 목숨을 끊지 않았다. 아마 그때 나는 두 할머니의 허벅지 사이에 끼여 코를 골면서 무의식중에 배웠을지도 모른다. 사계절의 성실함과 낮과 밤의 우직하고 단단한 기운을 가진 누군가가 당신은 소중한 존재라며 아기 대하듯 아픈 상처에 입바람을 호호 불어 주고 등을 토닥여 주면 자꾸 살고 싶어지는 게 사람이라는 것을 말이다. 살아가야 하는 철학적인 이유는 딱히 모르지만 스스로 죽을 생각을 못 해 본 나 같은 사람은 두 할머니의 비좁은 허벅지 사이에서 살아갈 힘을 얻은 것이 분명했다.

그날 밤도 나는 잠들지 못했다. 누군가 물에 빠져 떠내려가려 할 때 목도한 자들 중에 앞뒤 잴 것 없이 웃통을 벗어젖히고 뛰어드는 사람이 분명히 있을 터, 그 사람은 사랑하는 가족일 수도 있지만 생명의 가치를 아는 자, 마음의 부력을 거스르지 않는 자일 테다.

절박해지기로 했다. 그 마음으로 나 아닌 다른 사람의 삶에 마실을 시작해 보기로 했다.

"난 너의 이야기가 궁금해. 나에게 살아온 너의 모든 이야기를 들려줘. 더 이상 할 이야기가 없을 만큼 바닥났을 때 떠나도 좋아. 슬퍼하지도 않고 자책하지도 않을게."

그녀에게 이 문장을 보내고 눈을 감았다.

새벽이었다.

며칠 뒤 그녀에게서 다시 연락이 왔다. 퇴근 후 집에서 혼자 샤부샤부를 만들어 먹고 막 설거지를 하던 참이었다. 그녀는 혼자서도 샤부샤부를 만들어 먹는 나의 분주함이 부럽다고 했다. 넌 뭘 먹었냐고 물었더니 냉면을 먹었다는 대답이 돌아왔다. 아, 냉면! 거의 감탄을 하며 내일 저녁에는 냉면을 먹어야지, 입을 쩝쩝 다셨더니 그녀가 풍선에서 빠지는 바람처럼 흐물거리는 웃음을 지었다. 뭐가 그렇게 웃기냐고 되물었더니, 소소한 얘기가 이렇게 웃을 일이었다는 게 신기해서 웃었다고 했다.

"더 소소한 얘기를 해 볼까? 사람 사는 일이 어디까지 소소해질 수 있는지를 넌 알아?"

내가 운을 뗐다.

난 오늘 팀장의 흰색 바지를 입은 엉덩이에 머리카락 한 오리가 붙어 있길래 그걸 손으로 떼 줬어. 팀장은 30대의 남자거든. 그녀는 미쳤네, 미쳤어!라고 꺄아악 소녀 같은 비명을 질렀다. "왜 그랬는데, 들키면 어쩌려고 그런 짓을 해!" 걱정하는 듯한 말투로 묻길래 나는 얼른 대답했다. 심심해서 그랬어, 라고. 들키지 않기 위해 조마조마해하며 팀장이 머리를 돌리지 않을 타이밍과 내 손길을 느끼지 않을 만큼 공기처럼 가볍게, 그러나 재빨리 머리카락을 떼 내고는 혼자 흐뭇하게 웃게 되더라고. 긴장되고 경직된 채 보내게 되는 낮 동안 나도 모르게 용기를 내거나 엉뚱함에 소소한 일을 벌여 놓고 나면 늦은 밤 자리에 누워서 하루를 떠올릴 때쯤 괜히 뿌듯해지더라. 백지 같은 하루에 가급적 알록달록 크레파스의 색깔들을 최대치로 동원해 밋밋하지 않게 그림을 그려 낸 것 같이 느껴져. 넌 오늘 뭐 하고 보냈어?

그녀는 골똘히 생각에 잠기는 듯했다. 오전 내내 누워 있다가 티브이를 켰다 껐다 하다가 그나마 했던 가장 생산적인 일은 빛이 그리워서 커튼을 열어젖히고 내게 전화한 일이라고 했다. 그러다가 두서없이 헤밍웨이 말이야, 하고 주제 전환을 하더니 헤밍웨이의 일대기를 소개한 짧은 글을 찾아 읽었단다. 그녀에게 헤밍웨이는 『노인과 바다』 같은 명작을 쓴 대문호가 아니라 '힘든 시간은 지나가고 태양은 그 어느 때보다 밝게 빛날 것'이라는 명언을 남기고 자살한 앞뒤가 다른 사람일 뿐이라는 걸 상기하며 다음 말을 기다렸더니 그녀는 자신이 헤밍웨이를 오해한 것 같다고 말했다.

"헤밍웨이는 결혼도 여러 번 하고 사냥도 즐기고 굵직한 작품도 꽤 쓰면서 하고 싶은 걸 다 하고 말년에 스스로 죽은 거더구나."

그녀는 그날 자신이 대충 알고 지나감으로 인해 오해하고 있었던 지난날의 사건들을 하나씩 짚어 보았다. 두 시간을 통화하고 나서는 전화를 끊을 때쯤 내게 물었다.

"의사도 두 시간씩 상담을 못 해 줘. 바쁘기도 하고 비싸. 나도 너한테 뭘 해 줄 게 없을까? 아님 그냥 받기만 하는 것 같아서 마음이 불편할 것 같아."

나는 한참 생각했다. 내가 그녀에게서 받을 수 있는 것을.

"너 학교 다닐 때 보니까 옷을 센스 있게 잘 입더라. 우리 둘 다 옷 사이즈도 55일 거 같으니까 옷장에서 잘 안 입는 옷 중에 골라서 택배로 보내 줘."

그녀는 좋은 생각이라며 감탄을 하다가 잠시 뒤 이내 어두운 목소리로 돌아왔다.

"근데 혹시 내가 죽으면 너도 입기 그렇잖아. 이런 거 받아도 돼?"

그 말에 나는 마음에 거세게 일렁이는 어두움의 그림자를 이기지 못하고 몸을 흠칫 떨었다. 1년 중에 내가 죽음을 떠올리는 횟수는 손꼽을 정도였다. 누군가의 부고를 듣고 장례식장에 들렀을 때, 책 속에서 저자가 "만약 내일 죽는다면 오늘은 뭐하시겠어요?"와 같은 진지한 질문을 던질 때, 집으로 돌아오는 골목길에서 앰뷸런스의 다급한 경적 소리를 들었을 때… 죽음은 내 안에 있는 것이 아니라 외부에서 한 번씩 무딘 내 피부를 건드렸다. 그런 날은 후회 없이 살아야지, 마음을 다잡아 보곤 하지만 며칠 지나지 않아 다시 흐트러졌다. 그에 비해 그녀에게 죽음은 그녀 안에 소싯적부터 뿌리 깊이 단단히 자리를 잡고 있는 듯했다. 빛을 향하지 않고 어둠을 향하고 있는 마음이라니.

"그러니까 그 옷들을 최대한 오래 입을 수 있도록 널 오래오래 살게 만들어야겠다."

그녀는 피식, 웃었다. 그리고 며칠 뒤 그녀의 옷들이 빠른 국제 택배로 내게 도착했다. 뭐가 그리 급하다고 돈 낭비하면서 제일 빠른 택배로 보내냐고 원망 아닌 원망을 했더니 그녀가 말했다. 내 옷을 입은 네 모습이 너무 궁금해서라고. 그리곤 또 속삭이듯 말했다. 며칠 동안 옷 정리를 하는 김에 물건 정리도 하고 청소도 해서 깔끔해진 방을 보니 컨디션도 많이 좋아진 것 같다고.

우리는 계속 사소하다 못해 잠이 올 것 같은 작은 일상을 나눴다. 그녀 덕분에 낮은 오직 생존을 위한 무의미한 시간이라고 믿던 내가 밝은 빛 아래 흐느적거리는 바람도 불어오는 방향에 따라 샛바람, 하늬바람, 마파람, 된바람으로 나뉜다는 것을 발견하게 되고 꽁무니바람이나 꽃바람같이 예쁜 바람의 이름도 알게 됐다. 그녀는 언젠가부터 고모의 마라탕 가게에 가서 일손을 돕고 백 위안짜리 빨간 지폐를 현금으로 받아 왔다. 빨간 지폐 열 장을 부채처럼 쫙 펴서 들고는 흐뭇하게 찍은 셀카 사진을 보내 주며, 이 지폐들을 베개 밑에 부적처럼 넣고 잤더니 잠도 예전보다는 잘 온다는 기쁜 소식도 전해 주었다. "지폐는 돈이 아니다."는 그녀의 명언을 잊을 수가 없다. 돈이라 생각하면 더 갈구하게 되는데 지폐라 생각하니 그날 노동의 결과물에 "참 잘했어요."라고 찍어 준 도장같이 느껴져서 수집하는 재미가 있다고 했다. 나도 매달 통장에 찍히는 돈을 감정 없이 쳐다봤는데 이제 보니 내가 수고한 결과물이고 그걸로 내가 좋아하는 일을 할 수 있으니 내 일상에 응원봉 같은 거였다.

그때까지는 그녀의 작은 변화들에 서서히 물들어 가고 있는 게 좋았다. 그녀는 언젠가부터 하늘하늘 느긋하게 떨어지는 고무풍선처럼 기운 없이 지평선에서 사라지는 해와 함께 완벽한 어둠이 금세 찾아오는 저녁 시간과, 다시 해가 반대의 지평선에서 까꿍 하며 올라와 서서히 높아지며 새로운 낮이 시작되는 새벽 시간대가 좋아 그 시간엔 겉옷을 거치고 테라스에 서 있는다고 했다. 넌 하루 중에 어떤 시간이 제일 좋아, 하고 그녀가 물었을 때 나는 아무 고민 없이 퇴근하고 집에 와서 씻고 밥을 먹은 뒤 따뜻한 이불에 묻혀 소설을 읽는 시간이라고 대답했다. 이에 그녀는 별생각 없이 혼자 중얼거렸다. "그건 직장인들이라면 다 그런 거 아닌가? 뭐 좀 특별하고 의미 있는 너만의 좋은 시간은 없어? 독창적인 너만의 특별한 시간 말이야." 그녀의 말에 나는 순간적으로 불편하고 당황한 마음을 감출 수가 없었다.

독창적이지 않다는 말, 특별하지 않다는 말, 내 소설이 그렇다는 말을 문창과에서 수없이 들었었다. 모든 사람에게는 독창적이고 특별한 구석이 있다고 하는데 아직도 그걸 통찰하거나 발견하지 못한 채 뒷걸음질 치듯 직장 생활을 시작한 내게, 그녀는 압박 면접을 하듯 이것저것 질문을 늘어놓았다. 그동안 그녀에게 포커스를 맞추고 돌아가던 대화가 내게로 옮겨오자 나는 일순간 당황하기도 했지만 타인에 대해 궁금해지고 관심이 생긴다는 건 우울증 바깥세상에서 일어나는 일들이기도 할 테니 무척이나 기쁜 마음도 생겼다. 마지못한 척 그동안 지인들에게 몇 번을 털어놓다가 이젠 나조차도 포기한 무기력한 고민을, 그러니까 내가 왜 글쓰기를 그만두고 가로세로 반듯하게 줄 세워져 있는 숨 막히는 엑셀 안에 자신을 가뒀는지를 우물쭈물 설명해 주었다. 그녀는 숨소리도 들리지 않을 정도로 전화기 너머로 진지하게 듣더니 애초에 왜 글 쓰는 일을 꿈꿔 왔는지부터 앞으로는 어떻게 할 계획인지까지 물어왔다. 드라마틱하고 철학적인 이유라도 있었으면 좋겠는데 난 그저 어릴 때부터 아이들과 어울려 놀며 세상을 탐닉하기보다 구석에 앉아 책을 읽는 일이 좋았고 선생님께 유일하게 칭찬받은 것도 글쓰기였기 때문에 문창과에 진학한 것이었다. 난 그녀만큼 우울하지 않게 숨 쉬며 어떻게든 살아가는 일은 자신 있었지만 정작 어떻게 살아가야 할지에 대해서는 젬병이었다. 내 말을 들은 그녀는 무거웠던 내 목소리 톤을 중화하려는 듯 한껏 밝은 목소리로 이런 대답을 했다.

"난 말야, 죽기로 결심했을 때 살아 있는 사람들은 뭐 다들 삶의 이유나 의미를 깊이 터득해서 살아 있는 줄 알았어. 헌데 정작 살기로 결심해 보니 그냥 이유 없이도 살 수가 있더라. 오히려 사는 것보다 더 어려운 건 어떻게 살지더라. 너도 작가가 되는 일에 굳이 무슨 큰 이유나 사명감이 있어야 한다고 진지하게 생각하지 마. 그냥 쓰는 거지. 하고 싶으면 하는 거지. 일단 죽이 되든 밥이 되든 쓰면서 어떤 작가가 될지를 천천히 생각해 보면 좋겠어."

그녀의 말에 나는 세상에 이렇게 쉬운 현답이 있었나 싶은 게 허탈해지면서도 마음의 짐을 슬쩍 덜어 낼 수가 있었다. 그녀 말처럼 삶이란 원래 이렇게 쉬운 이면이 있을지도 모른다. 죽는다 했다가도 살고 싶어지고 글을 못 쓰겠다고 뒷걸음질 쳤다가 그게 엄살이었던 것처럼 비장하게 다시 열 손가락에 불이 나도록 키보드를 신나게 두드려 대면서 그땐 왜 그랬지 긴 잠에서 깬 듯 얼떨떨해지는 지금의 우리처럼 말이다. 난 아직도 그녀가 내게 건넨 질문인 하루 중에 제일 좋은 시간에 대한 답을 유예했다. 시소를 타듯 낮과 밤에 느끼는 텐션의 격차를 줄여 가기 시작하면서 나에겐 시간과 날씨, 풍경과 사람이 퍼즐처럼 맞춰져 순간이란 이름으로 기억에 박제될 때가 많아졌다. 어느 고정된 시간대가 편하고 좋은 게 아닌. 낮과 밤 어느 시점에든 느닷없이 찾아오는 순간들을 기대하고 좋아할 수 있게 되었으니까.

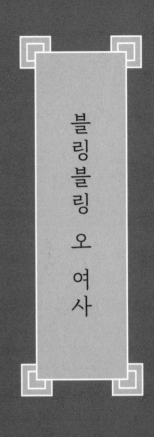

블링블링 오 여사

* 『연변문학』 2020년 제6호에 실었던 글을 고쳐 썼다.

엄마의 첫 간병 환자는 택시에 치여 다리가 마비된 열여섯 살 소녀였다. 매일 왜소한 소녀를 샤워실에 업고 가 목욕을 시킨 뒤 휠체어에 앉혀 재활실에 데려가고 가끔 병원 밖 작은 공원으로 산책을 시켜 주는 것이 엄마의 일이었다. 월순이 이모는 초보가 하기에 적합한 환자라며 적당히 일이 손에 익은 뒤에 더 좋은 자리로 소개해 주겠다고 했다.

정작 엄마는 장장 3년을 소녀의 간병인으로 일했다.

소녀의 엄마는 매주 평일에 두 번, 주말에 한 번씩 딸을 보러 왔는데 올 때마다 엄마의 손을 잡고 말했다.

"우리 서영이 나을 때까지 가족처럼 함께해 주셨으면 좋겠어요. 서영이가 오 여사님을 얼마나 좋아하는데요."

오봉선 53년 인생 통틀어 오 여사님이라고 처음 불러 준 사람은 대한민국 서울시 은평구 모 은행에서 과장으로 일한다는 많이 배우신 분이었다. 오 여사라는 호칭을 처음 들었을 때 엄마는 양꼬치 가게에서 후식 냉면을 먹고 있는 내게 전화해 20년 무명 경력 끝에 빛을 본 여배우가 수상 소감을 말하듯 떨리는 목소리를 애써 진정하며 속삭였다.

"이제 난 오 여사다."

연길 시장 뒷골목에서 배추김치를 팔며 관리인의 발길질에 김치통이 나뒹굴기도 하고, 맞은편에서 절인 깻잎을 파는 한족 여자에게 로퍼냥*이라는 욕을 듣고 분해서 울었던 때를 생각하면 엄마의 한국행은 제법 괜찮아 보였다. 이미 한국에 정착한 엄마의 단짝 친구 월순이 이모가 엄마에게 추천한 직업이 간병인이었다. 조선족 아줌마들이 하는 일 중에 간병인은 한국인들에게 대접받는 일이라고, 엄마가 한국에 오기 전부터 월순이 이모는 간병 일을 적극 추천했다. 게다가 하루 세 끼 먹고 자는 것도 해결되니 200만 원 정도는 우습게 넘기는 한 달 치 월급이 고스란히 통장에 쌓이기에 엄마가 마다할 이유는 없었다.

---

*   늙고 추한 여자라는 뜻이다.

"이젠 돈만 벌지 말고 자존심도 좀 챙겨야지. 한국 사람들 밖에서 보면 친절하고 사근사근해도 발밑에서 굴릴 때는 사정 없단다. 꾹 참고 10년, 20년 일해 번 돈으로 고향에 아파트 한 채 떡하니 사고 그다음엔 다들 마음에 병이 와서 우울증이요 암이요 하지 않던?"

월순이 이모는 한국 생활 15년 동안 쌓은 생존 노하우를 엄마에게 하루빨리 전수하지 못해 안달이 난 사람처럼 통화할 때마다 늘 열정적이었다.

서영이를 1년 정도 돌봤을 때 월순이 이모가 사례비 인상을 요구해 보라고 하자 엄마는 폭죽 소리에 화들짝 놀란 참새처럼 목소리까지 떨며 연신 머리를 저었다.

"못한다, 못해. 그리 못해! 어떻게 돈을 더 달라고 하니?"

"어이구, 은행 과장이라며? 여자가 은행 과장이면 남편도 어느 정도 잘 나가는 사람이지. 그 사람들은 우리가 사정 봐 줄 그런 사람들 아니라니까. 여긴 보험이 얼마나 잘 돼 있는데, 아픈 애 있어도 자기 명의 아파트도 있고 자가용 몰고 올 정도면 말해 볼 만한 것 같은데."

월순이 이모는 엄마가 한국행을 결심한 것이 노후 준비와 딸의 결혼 자금 마련을 위한 것임을 다시 한번 상기시켜 주며 지금 엄마가 받는 월급이 업계에서는 평균 20만 원 정도 낮은 거라고 똑 부러지게 알려 줬다.

"20만 원이 작은 것 같지? 1년이면 240만 원, 4년이면 천만 원이야. 천만 원이면 중국 돈으로 얼마게? 거의 6만 위안이야."

엄마는 늘 월순이 이모를 부러워했다. 저렇게 똑 부러지고 계산을 잘하니 아들 셋을 장가보내고 아파트를 마련할 때 돈도 보태 줄 수 있었겠지, 엄마는 딸 하나인데도 뭘 해 준 게 없어 그 딸이 대학원을 다니며 밤늦게까지 번역 알바를 하는 거라고, 가끔 내 앞에서 들으라는 듯 땅이 꺼질 것처럼 한숨을 내쉬었다. 나는 절대 아니라고 강하게 부인했다.

"아니지, 엄마, 거꾸로 생각해 봐. 월순이 이모는 아들 셋이나 있으니 저 정도로 계산을 잘하는, 강한 쇠 같은 사람이 된 거고 엄마는 영리하지는 않아도 나름 열심히 사는 딸 하나니까 사력을 다해 살지 않아도 되는 거야. 다 자기 팔자지 뭐."

엄마는 아주 사소한 일이라도 생기면 먼저 나에게 전화해 소녀처럼 사뭇 흥분한 목소리로 보고 들은 그대로를 읊조리다가 마지막에는 늘 어딘가 상심하거나 자책하는 듯한 엄마 특유의 기운 빠지는 넋두리를 했다. 늘 에너지가 넘치고 계산이 빠른 월순이 이모는 엄마에게 사나흘에 한 번 연락해 와서 관심 반, 궁금증 반으로 이것저것 물어보고는 엄마의 일과에 대해 이건 이렇고 저건 저렇다며 잔잔한 호수에 돌멩이들을 툭툭 던졌다. 그때마다 엄마는 잠 못 이루고 그 돌멩이들을 가슴에 부등부등 껴안고 어떻게든 소화하려 애를 썼다. 월순이 이모의 말은 반박할 수 없을 만큼 거의 매번 사리 밝고 정확했으며, 엄마는 또 매번 격하게 수긍을 하면서도 결국은 그대로 실천하지 못해 스트레스를 받았다.

어쨌든 이번에도 월순이 이모가 건넨 돌멩이는 자그마치 6만 위안이었다. 그 돈은 지금까지 엄마 통장에 단 한 번도 스쳐 간 적 없는 금액이었다. 엄마는 당장 그 6만 위안을 손해 보게 생겼거나, 사기를 당한 사람처럼 며칠을 넋을 잃고 전전긍긍했다. 엄마가 어떻게 생각하고 마음을 먹기에 따라 6만 위안은 눈에 보이는 실체가 되기도 하고 아예 없었던 일이 되기도 하는 거라고 월순이 이모가 쐐기를 박은 그날, 엄마는 청심환까지 챙겨 먹고 아침 일찍 찾아온 서영이 엄마에게 월급을 올려 줬으면 좋겠다고, 준비물을 미처 챙겨 오지 못해 선생님에게 혼나는 학생처럼 머리를 숙이고 기어들어 가는 목소리로 말했다.

"이제 우리 서영이 예뻐하지 않으시는 거예요?"

"서영이 예쁘지요. 매일 예쁘지요."

서영이 엄마는 "음…" 하면서 팔짱을 끼고 둘째 손가락으로 왼팔을 몇 번인가 톡, 톡 건드리다가 알겠다고 대답했다. 그 달 엄마의 통장에 5만 원이 더 꽂혔고 엄마는 한순간의 용기로 2만 위안 정도는 챙긴 것 같아 많이 흥분해 있었다. 그러나 월순이 이모는 어머 어머머, 기가 찬 듯 혀를 내두르면서 당장 그만두라고 딱 잘라서 말했다.

"아이고 봉선아! 정신을 차려라! 남들은 20년 전에 한국에 들어와서 이미 아파트 한 채 사고 아들딸 아파트도 다 샀다. 연길에서 꾸물대면서 배추김치나 팔아 몇 푼 챙기다가 늦게 시작했으면 머리라도 빨리빨리 굴려야지. 올해 벌써 쉰넷인데 이제 일할 수 있는 햇수가 얼마나 있을 것 같니. 눈 딱 감고 몇 년만 빡세게 벌어야 한다니까. 다리 마비된 애는 이삼 년 재활 치료해도 낫지 않아. 내일모레 당장 죽을 할배 할매 환자 잘 잡으면 페이는 페이대로 받고 그 자식들이 돈 봉투 손에 쥐어 주면서 수고해 주십사, 허리 부러지게 인사하는데 뭐가 아쉬워서! 은행 과장이 뭐가 그리 잘났다고 지 새끼 봐주는 한참 나이 많은 어른 앞에서 팔짱 끼고 그런다니!"

월순이 이모의 말도 일리가 있기는 한데, 서영이를 예뻐한다고 하면서 페이가 낮다고 일을 그만두면 그건 거짓말이 아니고 뭐니, 엄마는 스스로도 납득이 되지 않는지 혼자 중얼거렸다. 엄마는 그렇게 또 1년 동안 서영이와 함께 일상을 보냈다.

이제 서영이는 집에서 매주 4회씩 병원에 통원 치료를 다니게 됐다. 서영이 엄마는 개인 과외도 받아야 하고 외출이 편하게 기사 아저씨도 고용해야 해서 지출이 많아졌다고 엄마 앞에서 처음으로 울상을 지었다. 엄마는 그때 이제 다른 곳으로 가도 되는 건가 싶어 내심 마음이 편했다. 언제나 그랬듯 상대방이 불필요하다고 사인을 줘서 그 자리를 뜨는 것이 붙잡는 사람의 팔을 뿌리치고 가는 것보다 마음이 훨씬 더 편했으니까.

그런데 그게 아니었다. 기사 아저씨에게 서영이를 맡겨 통원 치료를 보내기에는 불안하니 엄마가 늘 동행했으면 좋겠다고, 서영이를 안아 휠체어에 앉히는 체력적인 일은 기사 아저씨가 할 것이니 불필요한 스킨십이나 불미스러운 일이 생기지 않도록 엄마가 늘 봐주고 (여기까지 말하면서 서영이 엄마는 엄마의 손을 꼭 잡았다. 오 여사님, 예전보다 힘들지 않으실 거예요.) 이제 집에서 서영이의 식사를 챙기고 간단한 청소를 하는 등 가정부로 아예 일해 줬으면 좋겠다고 했다.

"오 여사님이라면 믿고 맡길 수 있을 것 같아요. 페이는 그대로 다 드릴 테니까 우리랑 가족처럼 오래오래 같이 일하셨으면 좋겠어요."

월순이 이모는 이 타이밍이 둘이 훈훈하게 마무리할 수 있는 좋은 기회였는데 놓쳤다고 엄마를 타박했고 엄마는 믿고 맡긴다는데 어떻게 섭섭한 소리를 할 수 있냐고 갸우뚱했다. 매번 생각이 달라도 너무 다른 둘을 옆에서 지켜 보며 "둘이 친구 맞아?" 하고 미심쩍게 물으면 엄마는 아주 오래전 월순이 이모가 한국에 나오기 전까지는 둘이 서로 "맞아 맞아, 나도 그래!"를 수없이 외쳤던 사이였다고 변명 아닌 변명을 했다.

서영이 엄마는 "여사님~ 여사님~" 하면서 하루에도 몇 번씩 엄마에게 이것저것을 부탁했다. 서영이가 좋아하는 딸기를 주문했는데 위에 싱싱한 딸기를 다 먹고 뒤늦게 확인한 스티로폼 포장지 밑 딸기가 반 정도 썩어 있자 서영이 엄마는 날 선 목소리로 고객센터에 전화를 걸어 반품을 요구했다. 차갑고 딱딱한 목소리로 월순이 이모보다 더 똑 부러지게 클레임 내용과 보상 요구를 말한 뒤 뒤처리를 엄마에게 맡겼다. 뒤처리란 썩은 딸기 인증 사진과 구매한 내역 캡처본을 고객 센터에 이메일로 발송하고 다시 전화를 걸어 메일 수신 여부, 새 딸기 출고 시간을 확인받는 것이었다. 그 일들은 결국 나에게 떠넘겨졌는데 이런 건 거절해도 되지 않을까 하고 넌지시 물어보니 엄마는 절레절레 머리를 흔들었다. 서영이 엄마에겐 거절할 수 없게 만드는 마력이 있다고 했다. 고객 센터 직원에게는 차갑고 냉정하게 전화를 끊고, 돌아서서 엄마에게 따뜻한 말로 부탁하는 그 온도 차이에 엄마는 어린아이처럼 어찌할 바를 몰라 했다. 월순이 이모와 합세하여 일을 그만두라고 했지만 엄마는 모든 비극을 몰고 다니며 늘 콧물 눈물을 질질 짜는 비련의 여주인공처럼 고구마 열 개를 먹은 듯한 전개 없는 이 스토리를 끊어 내지 못했다. 엄마가 서영이 엄마의 부탁을 거절 없이 모두 들어주는 또 다른 이유는 서영이 엄마가 별거 중인 서영이 아버지에게 아직도 가끔 늦은 밤 술에 취해 받지도 않는 전화를 걸어 악담을 퍼붓거나, 울다가 마스카라가 눈에 번진 채로 잠들어 엄마가 양말을 벗겨 주고 침대에 부축해서 눕혀 주는 고된 날들을 겪는 중이었기 때문이다. 다음날 엄마와 눈도 못 맞추고 "여사님, 어제는 고마웠어요."라는 휘갈겨 쓴 쪽지와 함께 백화점 상품권 5만 원짜리를 식탁에 놓고 아침밥도 거른 채 출근하는 서영이 엄마에게 엄마는 친근감을 느꼈다고 했다. 한국 사람이라고 별다를 게 없는 그냥 사람이더라며 그런 날은 에너지가 넘쳐 집 구석구석 먼지까지 꼼꼼히 털어 냈다.

엄마는 서영이 엄마가 시키지 않아도 친정엄마처럼 집안의 궂은일 마른일 가리지 않고 열심히 했다. 고객센터에 전화해 클레임을 걸거나 서영이의 미술 선생님이 서영이가 그린 수채화를 보며 한숨을 쉰 것도 서영이 엄마에게 고자질할 정도였다. 서영이는 자신이 유일하게 잘할 수 있는 게 그림이라고 믿었다. 한동안 서영이 엄마는 딸아이에게 꿈을 심어 주기 위해 서영이가 미래에 할 수 있는 직업들, 그러니까 발로 돌아다니지 않아도 되는, 다리가 마비되었지만 꿈을 이룬 선례가 있는 피아니스트나 화가, 일러스트 디자이너 등의 정보를 인터넷에서 모조리 뽑아 서영이에게 보여 주고 펜드로잉 전시회, 흙 그림 개인전, 사진전, 네 손가락으로 피아노를 치는 피아니스트의 공연 등에 데리고 갔었다. 이런저런 시도 끝에 서영이는 그림 그리기에 관심을 갖기 시작했고 재활 치료에 더 의욕을 불태웠다.

서영이 엄마는 대학생인 미술 선생님에게 전화를 걸어 이제 몇 개월밖에 못 배운 애가 그림을 잘 못 그릴 수도 있는데 한숨을 쉬는 게 선생님으로서 올바른 태도냐고 따졌다. 미술 선생님은 한숨을 쉰 것이 기억나지 않는다고 했다가 요즘 개인적인 일로 힘들어서 한숨을 쉰 것이지 결코 서영이 그림 때문은 아니라고 극구 부인한 뒤 서영이에게 카톡으로 사과하고 알바를 그만뒀다.

그날 밤 서영이 엄마는 곯아떨어진 서영이의 다리를 붙들고 통곡하며 울었다. 엄마도 같이 울며 서영이 엄마에게 두루마리 휴지를 두 겹씩 끊어 건네줬다. 그렇게 둘이서 두루마리 휴지 한 통을 다 쓰고 마룻바닥에 같이 누워 잠든 다음 날 아침, 엄마는 일찍 일어나 곰국을 끓여 놓았지만 서영이 엄마는 먹지 않았다.

이상하게 엄마가 더 열심히 일할수록 서영이 엄마는 점점 더 예민해졌다. 어느 날은 라면을 끓여 놓고 서영이의 샤워를 돕는 엄마에게 소리 질렀다.

"아줌마! 가스를 켜 놓고 샤워시키지 말라고 했죠!! 몇 번을 말해요?!"

엄마는 "네네! 죄송합니다!" 하고 허둥지둥 나와 가스 불을 끄고 서영이 엄마와 눈도 마주치지 못했다. 서영이 엄마는 신경질적으로 불은 라면을 변기통에 버리고 침실에 들어가 버렸다. 엄마가 마음을 가라앉히고 서영이의 저녁밥을 준비할 때쯤 밥 먹을 때 말고는 방에서 잘 나오지 않는 서영이가 휠체어를 끌고 나와 침실 방문을 탕탕 두드렸다.

"엄마, 나와! 언제까지 애처럼 철없이 굴래?! 엄마 때문에 아빠도 집을 나가고 미술 선생님도 일 그만뒀잖아. 봉선이 할머니까지 그만두면 나 진짜 그냥 죽어 버릴 거야!"

마스카라가 번진 서영이 엄마가 코를 훌쩍거리며 코 꿰인 송아지처럼 고분고분 방에서 나왔다. 셋이 마주 앉아 삼계탕을 먹는데 엄마는 서영이 엄마를 미워할 수가 없었다 한다. 어쩌면 이 두 사람의 삶에 엄마의 지분이 엄마가 감당할 수 없을 만큼 엄청난 것 같아 그냥 이 집에서 오래오래 일할까 싶었다고 했다.

일상은 다시 전동 자전거 바퀴처럼 어느 누구도 힘주어 페달을 밟지 않았음에도 터덜터덜 굴러갔다. 유머 감각이 넘치는 새로운 남자 미술 선생님이 왔고 서영이는 하하 호호 웃으면서 즐겁게 그림을 그렸다. 그동안 서영이를 병원에 픽업하는 남자 기사는 다섯 번이나 바뀌었고, 서영이 엄마는 재산

분할, 서영이 양육비 금액 조정 건 등으로 몇 번이고 보이지 않는 남편과 전화 통화로 날카롭게 싸웠다. 바뀌지 않은 건 거의 3년을 서영이를 돌봐 준 엄마였다. 하루 종일 엄마와 붙어 있는 서영이는 엄마가 나와 영상 통화를 할 때면 옆에서 장난스럽게 혀를 날름거리며 짧게 인사를 나누기도 하고 자신이 그린 그림들을 모아 놓고 상세하게 설명해 주기도 했다. 엄마가 중국에서 가져온 자극적인 주전부리들을 맛있게 먹고 마라탕도 자주 배달시켜 먹으며 미술 선생님을 짝사랑한다는 사실을 엄마에게 비밀스럽게 털어놓기도 했다. 엄마 생일에는 며칠 동안 밤새워 그린 그럴듯한 엄마 초상화를 선물로 주기도 했는데 서영이는 또래 아이들과 거의 어울리지 못해 세련됨이 결핍한 그 자리에 아이다운 순수함과 솔직함이 가득했다. 쉽게 상처받고 울기도 잘 울었지만 금세 잘 풀렸다.

이제 월순이 이모는 연락이 뜸해졌고 나도 엄마의 일상을 지켜 보고만 있었다. 모두에게 맞는 자리가 있는 것이고 엄마는 서영이네 가족에 묻혀 사는 게 편한 거라고 믿고 싶어졌다. 그러나 3년째 되던 연말, 엄마는 추운 겨울 트렁크를 끌고 서영이네 집을 나왔다. 반영구 아이라인과 짱구 눈썹 문신을 한 서영이 엄마가 늦은 밤 집에 돌아와 큰 결단을 하듯 엄마를 불러 주방 테이블에 마주 앉았다. 이혼 문제도 만족스럽지는 않지만 그런대로 마무리됐고 직장에서 또 한 번 막 승진을 했던 시점이었다.

"오 여사님, 지금껏 제가 고용했던 사람 중에 여사님은 저희랑 가장 오래 일한 분이세요. 심성도 고우시고, 성실하시고… 가끔은 정말 친정어머님 같은…."

여기까지 말하며 서영이 엄마의 입술이 살짝 떨렸지만 이내 안정을 되찾았다.

"마음 같아서는 오래오래 계속 일하고 싶은데… 서영이 내년 3월이면 대안 학교로 보내려고요. 파트 타임으로 가정부로 일하실 분은 따로 고용할 예정이에요."

여기까지 들은 엄마는 서영이네 가족과 헤어질 생각에 눈물을 글썽이며 서영이 엄마 손을 잡았다.

"서영이 엄마, 난 괜찮아. 파트 타임으로 페이가 적어도 일할게."

서영이 엄마는 손을 슬쩍 빼며 침착하게 말을 이어 갔다.

"제가 미안해지죠. 사람이야 새로 고용하면 서영이는 또 금방 적응할 거예요."

"걱정돼서 그래."

엄마가 눈물 한 방울을 툭, 떨구자 서영이 엄마의 눈시울이 빨개지며 목소리에 다소 날이 섰다.

"뭐가 걱정되는데요?"

엄마는 본능적으로 하지 말아야 할 말을 했다는 것을 깨닫고 입을 다물었다.

며칠 뒤, 짐이 한가득한 트렁크를 들고 내가 사는 원룸에 들어온 엄마는 오랜만에 월순이 이모에게 전화를 걸었다.

"봉선아, 너에게 서영이 엄마라는 사람이 어떤 존재인지는 모르겠지만 그 사람에게는 언제든 교체할 수 있는 노동력일 뿐이야. 정 주지 마."

그동안 늘 월순이 이모의 말에 일리가 있다고 머리를 끄덕이던 엄마는 이번만큼은 아니라고 언성을 높였다.

"교체된 건 맞는데 그래서 그런 건 아닐 거야. 서영이 엄마가 밉지도 않고 이해가 되는데 뭘."

엄마는 이 지구에 엄마 한 사람이 없음으로 인해 행여 지구가 1초라도 늦게 회전할까 전전긍긍하며 모두에게 잘하려고 애썼다. 오늘 마주쳤던 사람에게도 미안해하고 섭섭해하며 정을 주었다. 월순이 이모는 아무래도 그런 엄마가 걱정돼서 엄마 한 사람이 없어도 지구는 눈 깜짝하지 않으며, 엄마는 언제든 대체될 수 있는 소모품임을 그가 살아온 방식의 언어로 이해를 시키고 싶어 했고, 둘은 그날 이 때문에 소소한 말다툼을 했다. 둘은 예상했던 대로 끝나지 않을 것 같은 말다툼의 마지막에 나를 끌어들였다. 엄마가 덜 상처받도록 설득하기를 원하는 월순이 이모와 무조건 같은 편이길 원하는 엄마의 애절한 눈빛 사이에서 나는 노트북에 타다닥 열심히 타이핑하던 손을 멈추지 않고 무심한 듯 물었다.

"서영이네 일한 거 후회해요?"

"아니."

"그럼 됐어요."

월순이 이모는 머쓱한지 "후회가 없다면 뭐…" 하고 말끝을 흐렸고 엄마는 내심 편을 들어 준 것 같아 소녀처럼 해맑게 웃었다.

첫 돌봄 환자 가족에게 '심성이 곱고 성실하다'는 평가를 받은 엄마가 순조롭게 밟은 두 번째 코스는 요양 병원이었다. 한 병실에 있는 무려 여섯 명의 할머니를 돌보게 됐는데 그것 또한 똑 부러진 월순이 이모의 의견이었다. 내일 당장 죽을 것 같은 환자는 아직 엄마가 감당하기 힘들 것 같고 시름시름 앓는 할머니들의 목욕이나 가래 뽑기, 기저귀 갈아 주기부터 적응하는 게 좋겠다고 했다.

"할머니 여섯 명이면 말이야, 여섯 환자 가족들이 서로 눈치 보면서 매달 팁이라고 조금씩 찔러줄 거다. 최소 5만 원씩만 줘도 한 달 30만 원은 기본이잖니."

엄마는 2년 만에 다시 돈에 대한 욕구를 활활 불태우며 로

뎀나무 요양원에 들어갔다.

월순이 이모의 말대로 자식들은 한 달에 두세 번 과일 바구니를 들고 보러 왔는데 핸드폰으로 손자나 손녀와 영상 통화를 잠깐 시켜 주고, 담당 의사를 만나 상황을 간단하게 전해 들은 후 한 달간 치료 내역을 확인하고, 마지막으로 하는 일은 늘 복도에서 엄마를 불러 손을 따뜻하게 잡고 산뜻한 인사 끝에 돈 봉투를 찔러주는 일이었다. 자식들의 잠깐, 잠깐이 할머니들에겐 한 달 중에 가장 기다리는 시간이었고 어쩌면 그 시간을 위해 무의미한 매일을 버티고 있는 건지도 몰랐다.

"저희 어머님한테서 오 여사님이 자식처럼 잘 챙겨 주신다고 들었습니다. 잘 부탁드립니다."

부동산 중개업자인 누군가의 딸이, 바른 먹거리 삼겹살집 사장인 누군가의 아들이 엄마에게 허리 굽히며 봉투를 들이밀 때, 엄마는 월순이 이모에게 미리 들었음에도 불구하고 어찌할 바를 몰라 입은 "고맙습니다."라고 말했지만 손은 사양하듯 돈 봉투를 상대방 쪽으로 밀었다. 엄마에게 돈이란 건, 그것도 5만 원, 10만 원은 하루 종일 배추김치를 팔아야 생기는 것이자 아껴 먹고 아껴 써야 통장에 빠듯하게 쌓이는 것이어서 누군가가 봉투에 담아 주는 공짜 돈을 받으려니 멈칫하게 되고 덜컥 겁이 나기도 하는 그런 것이었다.

한 번씩 보호자들이 다녀간 날이면 엄마는 연길에서 챙겨

온 빨간 김칫국물이 묻은 손바닥만 한 노트를 꺼내 정성스럽게
적었다.

1호 고관절 수술 할머니네 둘째 아들 10만 원, 셋째 딸 5만 원
2호 고혈압 할머니네 막내딸 10만 원
3호 관절 수술 할머니네 아들 5만 원

　월순이 이모는 정신이 또렷한 할머니들은 엄마가 어느 환
자에게 더 손이 가는지 정확히 알고 있으니 돈 봉투 금액이 큰
순서로 챙겨 주라고 했다. 엄마는 언제나 월순이 이모가 알려
주는 팁에 대해 감사하게 생각하고 긍정하며 그렇게 할 것처럼
알겠다고 대답했지만 실상은 3호 할머니를 더 살뜰히 챙겼다.
3호 할머니가 젊은 시절에 일찍 남편을 여의고 김치 장사를 하
며 아들 셋을 키웠다는 이유에서였다.
　"딸, 1호 할머니는 말이야, 바람도 두 번이나 폈고 건물주
래. 미국에 있는 첫째 딸은 연락 한번 없고 둘째 아들과 막내딸
이 경쟁하듯이 매달 와서 열심히 내게 돈 봉투를 주는 것 같아.
그리고 1호 할머니가 얼마나 까칠한지 알아? 날 한 번도 여사
님이라 부른 적도 없어. 3호 할머니는 얼마나 정이 넘치는데…
평생 팔자 사납게 사신 분이 마지막까지 덜 챙김 받는 게 영 마
음에 내키지 않는다."

엄마의 마음을 따라 손길이 3호 할머니로 기우는 순간, 다음 달 찾아온 1호 할머니네 아들과 딸의 돈 봉투가 얇아졌다.

"거봐 거봐 내가 뭐랬어. 그 여우 같은 1호 할매가 딱 누워서 다 캐치하고 아들딸에게 일러바친 거지."

월순이 이모 말에 엄마는 잠깐 고민하는 듯 보였지만 여전히 마음을 3호 할머니에게로 굳혔다. 골고루 다 챙겨 주면 좋겠지만 같은 관절 수술 환자인 두 할머니가 동시에 엄마를 호출할 때 엄마는 어김없이 3호 할머니에게 먼저 달려갔다.

그러다 1호 할머니가 어느 날 조용히 엄마를 불렀다.

"자네, 내가 말을 빙빙 둘러서 하지는 않겠네. 우리 아들딸이 주는 팁이 시원찮던가? 포장마차 하는 아들 둔 노인네보다는 더 줬겠지. 간병인은 환자에게 편견을 가지면 안 되는 자리인 것 같아. 거의 죽어 가는 늙은 몸이 한 번이라도 더 자네 손길이 필요할 텐데 본분을 망각하면 안 되지. 내 입으로 이런 소리까지 하다니… 원… 서러워서…."

엄마는 뭐라 그럴듯한 변명거리를 찾지 못하고 그때부터 둘 다 최대한 공평하게 챙기기로 했다.

반년 뒤, 여섯 명 중에 제일 먼저 자리를 비운 건 1호 할머니였다. 엄마는 미처 이런 결말을 상상도 못 했던 듯 며칠을 넋을 잃고 지냈다. 이럴 줄 알았다면 1호 할머니에게 더 잘하는 건데, 왜 그때는 몰랐을까 하며 외할머니가 세상을 떠났을 때와 비슷한 수준의 넋두리와 후회의 한숨을 토해 냈다.

간병을 하다 보면 과일을 깎아 입에 넣어 주면서 환자 침도 닦아 주게 되고, 기분 좋아진 환자가 풀어놓는 살아온 얘기도 듣게 되고, 그렇게 되면 가족보다 내가 더 이 환자를 잘 안다는 착각이 들고, 그 착각의 시간이 차곡차곡 마른빨래처럼 쌓이다가 어느 날 환자가 침대를 비우면 참 오만 가지 생각과 별 기분이 다 드는 거라고, 원래 그런 거라고 월순이 이모가 엄마를 위로했다.

"맞아요, 엄마. 시간이 지나면 차곡차곡 쌓인 빨래들이 많아지고, 그러다 보면 처음에 개켜 놓은 빨래들이 잊히고, 그렇게 점점 감정 없이 숙련된 동작으로 개게 될 빨래 양만 많아지게 되는 거잖아요."

나까지 합세해서 엄마를 다독였고 엄마는 다른 할머니들이 침대를 다 비울 때까지 다른 일자리를 찾지 않겠다고 마음을 단단히 먹은 것으로 이 일은 마무리를 본 듯했는데 그 이듬해 봄에 3번 할머니와 4번 할머니가 이틀 사이에 나란히 퇴실하자 엄마는 급하게 일을 그만두었다. 내가 살던 원룸에 찾아와 밤에는 부엉이처럼 눈을 부릅뜨고 멍하니 앉아 있다가 낮에는 힘없이 드러누워 잠만 잤다. 퇴실했다는 건 큰 병원에 옮겨간 것이지 세상을 떠난 건 아니잖아요, 치료받고 집에 갔을 수도 있고요, 시답지 않은 위로랍시고 말을 걸어 봤지만 엄마는 가타부타 말이 없었다.

엄마는 한동안 월순이 이모의 전화를 받지 않았다. 월순이 이모는 언제나 맞는 말을 했기에 가끔 그 말들은 엄청난 화력으로 날아오는 총알 같아서 꼭 피해야만 숨이 쉬어질 것 같았던 모양이다.

월순이 이모는 포기하지 않고 내 번호로 전화를 걸어 왔다.

"네 엄마는 마음이 너무 여려서 문제다. 아님 공장이나 갈빗집 같은데 설거지 일이라도 해 보라 그래. 몸을 움직여 줘야 마음이 덜 보채거든."

나는 엄마가 상처를 받은 것인지, 상심한 것인지, 놀란 것인지, 어떤 무력감에 휩싸인 것인지, 슬픈 것인지 엄마가 온몸으로 느끼는 그 감정의 무게를 가늠할 수가 없었다. 나도 오래 전에 한국에 왔을 때 엄마의 딸답게 내 감정에 충실했다. 그때의 감정이라는 것은 이름표를 자신 있게 붙일 수 있을 정도로 분명한 것들이었다. 한순간 파도가 밀려오는 것처럼 단순 명료하게 기쁨이나 슬픔, 실망, 억울함이라고 콕콕 짚어 말할 수 있는 것들이었는데 어느 순간부터 예상할 수 없고 컨트롤할 수 없는 상황들을 무방비 상태로 경험하면서 점점 설명할 수 없는 다양한 감정들이 징그러운 뱀처럼 한데 엉겨 붙어 마음 안에 똬리를 틀었다. 그럴 때마다 나는 몇 번 숨을 내쉬고 그중에서 그나마 명료하게 보이는 만만한 한 가지 감정을 선택하여 서랍 속에 나란히 줄지어 있는 립스틱 중 하나를 꺼내 입술에 바르 듯 표정에 발랐다. 다만 나는 끈질긴 데가 있어 노트북에 그날 겪었던 상황과 느꼈던 감정들을 묵혀 두지 않고 하나씩 기억해 내며 적어 내려가는 습관이 있었다. 살인 사건을 추리하는 홈 스처럼, 돋보기를 걸고 이벤트 상품이 걸린 낱말 맞추기를 하 는 진지한 퇴직 노인처럼, 어른들은 다 아는 지극히 평범하고 일상적인 사물을 세심하게 바라보며 용도를 맞추려고 무진 애 를 쓰는 어린아이처럼 말이다.

타인의 감정은 내 것보다 더 오묘했다. 그 감정의 무게나 깊이나 모양이나 그 어떤 것도 나는 쉽게 단언하거나 다가설 수 없어서 고양이처럼 무심한 듯 엄마 옆을 얼쩡거렸다. 어쩌 면 엄마도 나처럼 실뱀들이 가슴에 똬리를 틀고 있어 토해 낼 수도, 소화할 수도 없는 답답함에 무기력해진 게 아닐까.

"딸."

며칠 뒤 엄마가 입을 열었다.

오랫동안 묵혀둔 변비가 겨우겨우 빠져나간 듯 다소 기진 맥진해 보였지만 그런대로 안정된 표정이었다.

"한국 사람들은 너무 불쌍한 것 같아. 몸을 혹사하면서 열 심히 살다가 덜컥 아프면 자식 얼굴도 자주 못 보고 낯선 조선족 아줌마 손에서 간호받다 가네?"

"엄마, 다 그런 건 아니고… 엄마가 지금까지 서영이네랑 여섯 명 할머니의 인생만 봤으니까."

"그럼 뭐 티브이에서 보는 연예인이나 빌딩 몇 채인 부자들은 죽을 때 자식이 돌본다니? 소변줄, 콧줄 안 하는 건가?"

"요즘은 중국 사람들도 죽을 땐 다 그러죠. 굳이 한국뿐이 아니라…"

"중국도 그렇긴 한데 한국 사람들이 더 불쌍해. 왜 그런지 모르겠네."

그러니까 엄마는 그 며칠을 한국 사람들이 불쌍해서 울었다고 한다. 나는 이 감정을 어떻게 받아들여야 할까, 난감했다.

"엄마, 있지. 우리가 지금 한국 사람들을 불쌍히 여길 입장이 아냐. 그리고 막말로 그런 말을 들으면 한국 사람들이 아주 치욕을 느낄걸? 음… 뭐 어쨌든 사람 사이에 불쌍히 여긴다는 건 엄청난 무례지. 죽을 땐 대부분 소변줄, 콧줄을 달고 간병인에게 간호를 받지 않나? 그 상대가 자식일 수도 있겠네. 그리고 요즘은 웰빙, 웰다잉이 트렌드라 잘 살고 잘 죽기 위해 다들 고심하기 시작했다고. 스위스처럼 존엄사를 실시하는 날이 코앞에 올 수도 있지."

그 말에 엄마는 자리에서 벌떡 일어나며 내 등을 호되게 후려쳤다.

"생각해 보니 우리 딸년은 소설가가 된다며? 지금까지 번 돈으로 아파트를 사지 않을 거야. 계속 죽을 때까지 모으고 저축해서 너 줄게. 그러니까 열심히 글이나 써. 엄마가 죽을 때쯤 되면 옆에 눕혀 놓고 소설을 쓰면서 에미 기저귀도 갈고 간호 좀 해 봐. 의식이 없는데 피딩도 하고 체위 변경도 해야 할 정도면 치료를 거부해 줘."

나는 알겠노라고 일단 머리를 끄덕였다. 남들 직장 다닐 때 간간이 알바나 뛰면서 매일 집에서 노트북을 껴안고 글을 쓰고 있고, 20대 여자라면 한두 개쯤 있다는 적당한 가격의 브랜드 가방도 없이 에코 백에 소설책 한두 권을 강박증처럼 넣고 다니는 딸에 대해 엄마는 늘 걱정했다. 동시에 정서적 안정감도 느끼는 것 같았는데 그건 엄마와 나 사이에 돈에 관해 아쉬운 얘기를 거의 한 적이 없었고, 거의 다투지 않았으며, 엄마가 하는 말들에 대해 잠이 오지 않아 새벽 라디오 방송에 귀 기울이는 청취자처럼 인내심을 갖고 들었기 때문이었다.

며칠 뒤, 엄마가 단기로 간병 일을 계속하고 싶다고 먼저 연락했을 때 월순이 이모는 문자로 세 환자의 정보를 건넸다.

서울 고속 터미널 부근 병원/여 간병사 구함/여 환자(58세, 60 kg)/후두암 수술, 석션, 콧줄, 소변통/10만 원×7일+공깃밥 제공/ 연락처 010-4113-XXXX

[긴급구인] 세브란스 격리 병원/여 환자(60세, 45kg)/거동 불가/
심장 수술, 석션, 피딩, 기저귀 교체, 소변줄/일당 13만 원+공깃
밥 제공/기간 14일 24시간/입실 시간 1월 18일 토요일/연락처
02-591-XXXX

[개인 여 간병인 급구] 직장암 수술, 부축 보조, 간단 보조/일당
10만 원/식사 본인 해결/기간 10일/단, 환자가 말을 많이 함, 일
은 편함/연락처 010-9076-XXXX

　엄마는 한번 쓱 훑어보더니 3번으로 가겠다고 했다. 중증
환자는 처음이라 석션이나 피딩이 부담스럽겠지만 그거야 하
다 보면 금방 익힐 텐데, 말을 많이 하는 환자가 더 까다롭지
않을까, 무슨 말을 할 줄 알고, 라고 월순이 이모가 넌지시 말
렸다. 요즘 세상은 말이야, 다들 몸이 잠깐 힘든 것보다 마음이
지치는 걸 더 싫어하더라고. 몸이야 내 것이 아니다 하고 내놓
으면 그만이지만 마음은 내 것이더라고. 월순이 이모 말에 나
도 옆에서 맞장구를 쳤다. 맞아요, 엄마, 몸이 잠깐 힘든 건 며
칠 또 쉬면 회복되는데 마음은 잘 회복이 안 될 때가 더 많더라
고요.
　엄마는 많은 조선족이 코리안 드림에 몸을 실어 한국을
자유롭게 드나들던 지난 20년 동안 연길 시내에서 직접 만든

김치를 팔았다. 아무리 돈이 좋대도 자식을 떼어 놓으면서까지 먼 길을 떠나고 싶지 않았던 마음이 6할, 딱히 미래에 대한 불안이나 계획이 없고 부귀영화를 누릴 욕심은 더욱 없는 엄마 특유의 수수함이 4할이었다. 그러다 주위의 지인들이 코리안 드림에 대한 환상이 와장창 깨지고 여기저기서 신음 소리와 한국에 대한 안 좋은 얘기를 서슴없이 할 때 엄마는 자신을 닮아 수수하기 그지없는 딸의 한국 생활과 부모의 물질적 서포트로 한국에서 벌써 자리를 잡아 가는 다른 집 자녀들 사이에 심한 격차가 벌어지고 있음을 뒤늦게 목도했다. 그제야 정신이 번쩍 들었다며 부랴부랴 짐을 싸 들고 한국에 늦게 발을 들여놓음으로 인해 엄마는 월순이 이모 또래의 조선족 아줌마들이 공유하는 한국인에 대한 그들만의 굳은 생각이나 불편했던 경험이 많지 않았다. 귀로는 수없이 들었으나 직접 경험하지 못한 것들에 대해 엄마는 마음속에 유예했다가 그대로 까맣게 잊는 경우가 많았다. 그래서 어쩌면, 짧은 구인 공고에 말이 많다고 미리 귀뜸해야 할 정도에 나이조차 밝히지 않은 한국인 환자에게 엄마가 행여 상처를 받지 않을까 염려스러웠다.

"엄마, 중국 사람들은 감정이 상했을 때 기분 나쁘게 뭘 째려봐, 하면서 공격적인 언어를 날리고 표정을 험하게 일그러뜨리지? 한국 사람들은 아니야. 내가 경험한 바로는 끝까지 차갑게 웃으면서 비수 같은 말만 골라 뱉으면서 사람 마음을 쿡 쿡 찔러. 같이 화내지 않고, 같은 감정을 공유하지 않음으로써 싸울 때도 갑의 위치에 서려고 할 때가 있지. 차라리 같이 화내고 소리 지르고 싸우면 덜 상처받겠는데 말이야."

그러나 엄마는 두려울 게 없다고 말했다. 오히려 신기한 듯 내게 물었다. 딸, 너는 나처럼 싸우지도 않고 이것저것 많은 경험을 하지도 않으면서 뭘 이렇게 잘 알아. 그때 나는 무심하게 대답했다. 귀찮으니까, 권투라는 것도 온몸으로 피 흘리며 싸우는 사람만 잘 아는 건 아니잖아. 심판도, 관객도 계속 옆에서 보다 보면 알지. 그러니까 엄마, 굳이 피 흘리면서 경험하려고 하지 말고 적당히 피해. 말 많다는 환자 아무래도 찝찝해.

엄마는 잠자코 듣고 나서 성난 근육을 드러내며 링 위에 올라가는 권투선수처럼 비장한 표정으로 3번으로 기필코 갈 것이라고 했다. 고향에서 몇십 년 살면서 배우는 것보다 짧은 몇 년 동안 한국에 와서 배우는 게 더 많으니 한국 생활을 인생 학교 정도로 생각하겠다며 각오를 덧붙였다.

오후쯤 짐을 챙겨 대학 병원에 들어간 엄마는 밤 10시쯤 되어서야 환자가 잠들었다며 연락이 와서는 작은 목소리로 속삭였다.

"이 환자는 말이 많은 게 아니라 그냥 구체적으로 말하는 거야."

"그게 뭔 소리예요?"

"이 환자분 예전에 시립 합창단 지휘자였나 봐. 내가 오자마자 두 가지를 부탁했어. 머리맡에 놓인 다섯 병의 향수 이름을 모두 암기하기, 스피커폰으로 연결한 MP3 속 음악 10곡의 제목을 암기하기."

"고작 열흘을 일하는데… 좀 많이 까다롭네요? 엄마가 그걸 어떻게 암기해요."

"암기하기로 했어."

엄마는 기분 좋아 보였다. 서영이 엄마가 평소 자주 사용하는 쇼핑 앱 여러 개를 알려 주고 사용법을 숙지했으면 좋겠다고 말했을 때는 뭐가 이리 복잡하니, 울상을 지었었는데 말이다.

그러니까 환자가 말이 많은 건, 이를테면 1번 곡을 틀어 주세요, 라고 말할 수도 있는 것을 굳이 "1번 곡 슈만의 〈시인의 사랑〉 중 〈아름다운 5월에〉를 틀어 주세요. 저는 슈만의 곡이 그렇게 아름답더라고요."라는 식으로 표현을 해서 그렇다고 했다.

엄마는 귀찮아하지 않았고 지치지 않았으며 남자 환자를 돌보고 있음에도 불편해하지 않았다.

환자의 이름은 김동리라고 했다. 김동리는 이미 작고한 한국의 유명한 소설가인데 아버님이 문학을 사랑하는 사람이라 그리 이름을 지었다고 한다. 엄마가 어머, 우리 딸도 작가가 되고 싶어 하는데요, 작가는 먹고살 만한 직업인가요, 하고 반색하며 물었고 김동리 씨는 의연하게 아하, 그러시군요, 저는 오봉선 여사님보다 세 살 어리니 김동리 씨라고 불러 주세요, 저는 오봉선 여사님이라고 부를게요, 하고 호칭을 정리한 후 김동리의 대표작과 내용에 대하여, 한국에서의 작가의 원고료나 수익 구조에 대해 아는 대로 구구절절 엄마에게 설명을 해 줬다지.

암 수술을 받은 지 얼마 되지 않아 통증에 이맛살을 찌푸리고 운신을 버거워하기도 했지만 김동리 씨의 입은 쉬지 않았다. 세상 다정한 목소리로 "오봉선 여사님은 무엇을 좋아하시나요?"라고 묻는다거나 "오봉선 여사님이 사셨던 고향은 윤동주 시인님의 제2의 고향이기도 하지요?"와 같이 엄마가 기분 좋아할 만한 질문을 구체적으로 했다.

엄마가 신나서 김동리 씨와의 대화를 그대로 읊조렸을 때 월순이 이모는 엄마의 말이 끝나기도 전에 싹둑 자르며 차갑게 응수했다.

"변태 같은 영감탱이 무슨 수작이야. 혹시 성추행하면 바로 말해. 내가 대신 신고해 줄게. 이래서 남자 환자는 남자 간병인이 보는 건데 말이 하도 많으니 남자 간병인들이 두 명이나 중간에 나왔다더라."

엄마는 아니라고, 이런저런 얘기를 더 해 주고 싶어 입술을 달싹거렸지만 바쁜 월순이 이모가 먼저 전화를 끊었다. 엄마는 로비에 앉아 김동리 씨가 이상한 건가, 머리를 갸웃하다가 다시 나에게 전화를 걸어 왔다.

"좋은 사람인 것 같은데 월순이는 왜 변태라고 하지?"

"엄마는 왜 좋은 사람이라고 생각하나요?"

김동리 씨가 여사님, 이라 부를 때 엄마는 느낌이 달랐다고 한다. 김동리 씨는 아마 연길 시장 뒷골목에서 배추김치를 파는 엄마를 봤어도 공손하게 여사님, 이라고 불렀을 것 같은 기품이 있었다고 한다. 엄마가 향수 이름과 연주곡 열 곡의 제목을 외우기가 벅차 "그냥 1번, 2번 이렇게 알려 주시면 안 되나요?" 하고 물었더니 김동리 씨는 "여사님, 사물도 고유의 이름이 있는 법입니다. 번호로 부르면 그것이 갖고 있을 모든 의미를 무색하게 만드는 것 같아 저는 이름을 부른답니다. 그러니까 우리도 잠깐 볼 사이지만 서로 이름을 부릅시다."라고 대답을 했단다. 그날 밤 엄마는 서영이 엄마와 1번 할머니의 이름이 기억나지 않아 잠을 설쳤다.

엄마는 매일 김동리 씨가 들려주는 이야기에 흠뻑 취하는 것 같았다. 그의 말이 엄마를 깊이 생각하게 하고, 놀라게 하고, 가끔은 잔잔하게 흔들어 주기도 했던 모양이다. 월순이 이모는 심히 불안해하면서 김동리 씨가 바람둥이는 아닌가, 이제 앞으로 아프니 한국 아줌마는 꼬시기가 힘들어서 조선족 아줌

마라도 꼬실 심산인가, 20년 넘게 과부로 살아온 엄마가 행여 김동리 씨에게 넘어가서 통장의 돈을 다 넘겨주는 막장 엔딩까지 상상하며 최대한 말을 섞지 말라며 엄마를 몰아붙였다.

확실히 며칠 사이 엄마의 언어가 달라졌다. 엄마의 세계 안에 뭔가 미세하지만 여운이 쉬이 가시지 않을 충돌이 일어난 것 같았다.

"그 아저씨랑 또 무슨 얘길 나눈 건데? 설마 그사이에 그렇고 그런 사이?"

"아니야, 너나 월순이나 생각이 왜 이렇게 구김살이 많냐? 그게 다 엄마가 봤을 때는 가난해서 그래. 좋고 반듯한 생각을 못 해."

엄마는 대화할 때마다 끊임없이 김동리 씨를 들먹였다. 아주 많은 돈이 아니어도 블링블링하게, 기품 있게 사는 것 같다는 김동리 씨의 모든 것이 엄마에겐 삶의 태도와 대화 내용의 모든 기준점이 되어 버렸다. 마치 살아 있는 예수를 직접 보고 돌아와 부활을 확신 있게 외쳤던 제자들처럼 김동리 씨의 말을 인용할 때만큼은 흔들림이 없어 보였다.

"너 혹시 버트 발가락? 미국 작곡가라고 있다는데 그분 음악을 들어 봤니? 딸, 너도 유럽 배낭여행 가 보고 싶지 않아? 김동리 씨 말로는 한국 젊은이들은 거의 한 번쯤 유럽 배낭여행을 다녀온대. 그동안 혹시 돈이 없어서 못 간 거 아니지? 김동리 씨 말로는 유럽 가는 비행기 표가 비싸긴 하지만 몇 달 알 바로 돈 모으면 충분히 다녀올 수 있대."

보아하니 김동리 씨는 친절하고 예의 있는 사람인 것 같았다. 전화기 너머로 가끔 김동리 씨가 "오봉선 여사님~"이라고 부르는 목소리가 들렸을 때 엄마는 예전 요양원에 있을 때처럼 다급하게 전화를 끊지 않았다. 네, 김동리 씨, 금방 갈게요, 라고 느긋하게 대답한 뒤 내게 밥 잘 챙겨 먹으라는 짧은 잔소리를 하는 여유까지 있었다.

엄마는 김동리 씨의 간병인으로 일하던 마지막 날, 왜 살면서 엄마 주위에는 김동리 씨 같은 사람이 없었을까 신세타령을 하며 농사만 지었던 외할아버지와 외할머니, 신발 수리를 업으로 삼았던 삼촌, 초등학교 교사였던 이모와 면사무소의 회계였지만 암으로 투병하다 마흔둘에 죽은 남편, 보험사 직원으로 일하다 계약 내용을 제대로 이해 못 한 채 고객에게 상품을 추천하고 계약을 받아 내 두 번이나 고소를 당한 뒤 한국에 도망치듯 온 친구 월순이를 생각할 지경에 이르렀다.

월순이 이모와 나의 걱정과는 달리 엄마는 열흘 뒤, 깔끔하게 김동리 씨와 굿 바이를 하고 기분 좋게 원룸에 돌아왔다. 달라진 점이 있다면 엄마는 다시 활기를 찾기 시작했고 오자마자 내 옷장과 서랍을 열어 물품들을 확인하고는 대뜸 큰 백화점에 가서 몇백만 원짜리 브랜드 가방을 사 주겠다고 손목을 잡아 끌었다는 점이다. 싫다고 손을 뿌리쳤더니 평생 화를 낼 줄 모를 것 같았던 엄마가 울컥하며 화 비슷한 기운을 내뿜었다.

"넌 아무래도 이상해. 어떻게 20대 여자애가 브랜드 가방을 싫어하니? 차라리 가난 때문에 브랜드 가방의 좋은 멋을 몰라서 그런다고 솔직해지기라도 하지. 아니면 어디 가서 남자라도 꼬셔서 가방 하나 선물 받는 애였으면 좋겠다. 내 하나뿐인 딸년이 이렇게 구질구질하게 살고 있다는 걸 일찍 알았으면 나도 그 촌구석에서 김치만 팔지 않고 월순이처럼 일찍 한국에 나오는 건데… 자꾸 괜찮다 하니까 정말 괜찮은 줄 알았잖아!"

"난 이게 편해. 브랜드 가방을 하면 거기에 걸맞게 옷차림도 해야 하고 그만한 삶을 유지해야 할 것 같아서 피곤해."

"개뿔! 겪어 보지도 않고 뭐가 피곤해! 김동리 씨에게 네가 사는 얘기 했더니 그러더라. 관찰자의 입장에서만 쓰는 글 말고 직접 경험하는 글을 써 보라고. 그러니까 엄마 말 듣고 비싼 가방도 한번 착용해 보고 그 느낌을 글에 써 봐. 다른 여자애들 길에서 착용하고 다니는 거 볼 때랑 어떻게 다른지, 네 것이 됐을 때 기분도 느껴 보고. 거기에 맞는 옷도 한 벌 입어 봐야지, 그런 삶을 계속 유지할 만큼 근사한 소설가가 되어야지, 그렇게 생각하면 안 되겠니?"

엄마는 그 가방을 사 주면 내 팔자가 당장 좋아질 것이라

믿는지 엄청난 악력으로 손을 잡아끌었다.

마지못해 백화점에 끌려가는 길에 엄마는 땀에 끈적해진 손을 놓지 않은 채 하루 종일 들어도 끝나지 않을 것 같은 김동리 씨의 이야기를 또 꺼냈다. "그놈의 김동리 씨 얘기를 그만해!"라고 처음으로 엄마에게 화를 내 볼까 싶었지만, 한 번도 엄마에게 내 보지 못한 화를 내뿜는 건 쉬운 일이 아니었다. 그러니까 엄마도 오늘 나에게 그 쉽지 않은 화를 뿜어내느라 큰 용기를 냈을 테다.

"김동리 씨가 그러더라. 가난이 오래가면 생각이 가난해지고, 생각이 가난해지면 다양한 경험을 할 엄두를 못 내게 되고, 경험마저 가난해지면 그 사람의 세계는 점점 협소해진다고. 그게 진짜 가난의 무서운 점이래. 그러니까 딸, 나는 한국에서 간병인이 돼서 우리 둘 다 김동리 씨처럼 블링블링한 사람이 되었으면 좋겠어. 김동리 씨가 나 일 마무리하고 병원에서 나올 때 따님이랑 행복하게, 블링블링하게 잘 살라고 따뜻하게 인사하는데 코끝이 찡하더라."

"김동리 씨는 참 고운 사람이네요."

마지못해 수긍하다가 팔자 주름도 점잖게 느껴졌던 대학원 시절 교수님의 얼굴이 떠올랐다. 대사관 직원이었던 아버지와 발레리나였던 어머니의 로맨틱한 60년대 사랑 이야기를 들려주기도 하고, 프랑스 파리에서 유학하는 동안 먹어 봤다는,

한 번 들어서는 절대 기억 못 할 낯선 음식 이름들을 내 입에 자주 붙는 김밥이나 떡볶이처럼 말하던 분이었다. 그분이 의도치 않게 건넸던 괴리감과 낯섦에 대해 한동안 열심히 되새김질하다가 얻은 나만의 결론이 있었다.

"엄마, 사람은 생존을 위해 살면 본능적으로 달리게 되어 있어. 쫓기듯이 목표를 향해 뛰게 된다고. 달리는 사람은 많은 것을 관찰하고 구체적으로 깊이 알고 즐길 여유가 없어. 김동리 씨는, 엄마가 그렇게 신봉하는 김동리 씨는 처음부터 생존을 위해 태어난 팔자가 아니었다고. 그는 산책하러 나온 사람인 거야. 햇볕도 쬐고, 밤하늘의 별도 세어 보고, 어두운 밤 가을바람도 느껴 보고 말이야. 가난한데 김동리 씨처럼 살려고 하니 어쩌겠어, 취직해서 바쁘게 살지 않고 에코백을 메고 집에서 글을 쓰는 거지."

"개소리하지 마. 너도 명품 백 착용하고 산책도 하면서 살아. 그렇게 되도록 꿈꿔."

엄마가 강요하듯 내 손을 꽉 잡고 강하게 흔드는 바람에 나는 엄마의 얼굴을 차마 쳐다볼 수 없었다.

당당하게 내 손을 끌고 백화점에 들어서자마자 꽉 잡은 엄마 손의 악력이 반쯤은 흐물해졌다. 반짝이는 브랜드 로고가 걸려 있는 1층 해외 패션 코너를 어색하게 걸으며 엄마는 내게 귓속말로 그래서 어떤 영어 표기가 샤넬이냐고 물었다. 어느새 내 팔을 꼭 붙잡고 치과에 온 다섯 살 아이처럼 한껏 경직된 엄마는 눈동자를 굴리며 주위를 둘러보고 낮은 톤으로 말했다. 이 어색하고 불편한 공간을 경험하고 나면 엄마는 앞으로 더 꾸준하게 김동리 씨를 언급할지 아니면 자연스러웠던 오 여사의 모습으로 천천히 돌아갈지 궁금해져서 입꼬리가 나도 몰래 묘하게 살짝 올라갔다.

우리의 목표는 샤넬이었으나 왔던 김에 눈 호강을 한다며 엄마는 장터에 온 것처럼 두리번두리번 여러 매장을 돌아봤다. 몇십만 원대의 코트를 만져 보며 시장에서 파는 코트와 재질이 어떻게 다른지 큰소리로 내게 물어보기도 하고 직원에게 이런 브랜드 옷은 수십 번을 씻어도 물이 빠지지도 않고 쉽게 해어지지도 않고 오래 입을 수 있냐고 해맑게 물었다.

끝내 대망의 샤넬 매장에 왔을 때 가방 실물과 가격대를 확인한 엄마는 몇백만 원짜리 가방을 사 주겠다던 오기는 사라지고 이렇게 비싼 가방을 살 거면 차라리 몇십만 원대 가격의 가방을 여러 개 사는 것이 더 낫지 않을까 혼잣말로 중얼거렸다. 행여 잃어버리기라도 하면 며칠 앓아누울 것 같다야, 금칠한 것도 아닌데 무슨 가방이 금보다 더 비싸다니. 화려한 조명이 가방을 감싸는 그 매장 안에서 엄마는 얼어붙은 듯 걸음을 떼지 못하고 가장 비싼 가방 앞에 압도당한 듯 굳어 있었다.

"엄마, 가자. 다른 가방도 많으니까 차라리 엄마 말처럼 몇십만 원짜리 가방을 여러 개 사서 들고 다니는 게 더 수지맞을 것 같아."

이번에는 내가 엄마의 팔을 잡고 슬쩍 끌어당겼다. 지금껏 본 적 없는 엄마의 혼란스러운 표정을 훔쳐보며 지금 느끼는 기분이 어떤 것일지 대충 알 것 같았기에 백화점 안에서 엄마를 에스코트해야겠다는 책임감에 사로잡혔다.

못 이긴 척 내 손에 끌려 샤넬 매장을 나와 여러 브랜드 매장을 돌다가 들어 보니 디자인이 그럴듯해 보였고 엄마가 보기에 가격도 그럴듯해 보이는 삼십만 원 대의 백 팩 두 개를 구매하고 우리는 만족했다. 자랑스럽게 카드를 내밀어 일시불 결제를 마친 엄마는 조금 전의 설명 못 할 꿀꿀한 기분을 잊고 다시 해맑은 표정으로 돌아왔다.

월순이 이모에게서 귀동냥으로 들은 화장품 브랜드 매장에 가서 월순이 이모의 것과 엄마의 립스틱을 똑같은 컬러로 하나씩 샀을 때는 즐거워 보이기까지 했다. 카드 결제를 마친 뒤에도 아쉬운 듯 걸음을 떼지 못하고 거울 앞에서 대체 뭐가 다른지 모르겠다며 레드 계열의 립스틱 여러 개를 발라 보던 엄마는 폐점 음악이 흘러나오자 흥분된 목소리로 가볍게 소리 질렀다.

"이거 버트 바카락의 〈클로즈 투 유〉네!"

손이 미끄러졌는지 엄마의 중절치에 묻어난 새빨간 립스틱이 화려한 조명 아래 샤넬 할리우드 모델의 립스틱 색처럼 강렬해 보였다. 나는 그 강렬함에 눈을 떼지 못한 채 어정쩡하니 서서 입꼬리만 웃고 있었다.

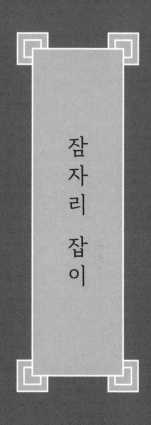

잠자리 잡이

* 『장백산』 2022년 제4호에 「거미의 집」이라는 제목으로 실었던 것을 고쳐 썼다.

어릴 적 내가 살던 동네는 이삼백 호의 가구가 오손도손 모여 사는 작은 시골이었다. 대부분의 집에 땅뙈기가 있었고 앞마당에는 풀칠할 채소와 꽥꽥거리는 가금류, 드물게는 과일나무까지 아리땁게 척 드리워 있었다. 밖에 나가면 온통 놀거리지만 집에는 장난감이 딱히 없어 심심했던 그때, 여름이 되면 빼놓을 수 없는 놀이 중 하나가 잠자리 잡이였다. 집에 있는 아버지에게 조르면 손잡이가 있는 배드민턴 라켓 같은 잠자리채를 금세 만들어 주셨는데 그걸 들고 아침부터 온 동네를 주름잡고 돌아다니며 거미줄을 찾아다녔다. 처마 밑이나 키 작은 나무의 가지 사이에 쳐진 은빛의 투명한 거미줄을 발견하면 까치발을 들고 잠자리채에 돌돌 말았다. 그러곤 텃밭에 들어가 빨간 토마토를 지탱해 주는 나무 막대기에 사뿐히 내려 앉은 잠자리를 덮치면 이내 잠자리는 거미줄에 걸려 바둥거렸 다. 잠자리도 잡다 보면 금세 이름을 익히게 된다. 날개 끝이 기름기에 물든 것처럼 노오란 놈은 기름잠자리, 날개 끝에 검 은 얼룩이 있는 놈은 바퀴잠자리, 꼬리가 빨간 놈은 고추잠자 리, 유별나게 다른 잠자리에 비해 덩치가 큰 놈은 왕잠자리. 열 심히만 잡으면 오전 내내 열 마리 정도는 쉽게 잡을 수 있었다. 그놈들을 강아지풀에 몸통을 꽂아서 전리품마냥 들고 다닐 때 쯤에 이미 점도가 떨어진 거미줄은 구멍이 뚫리고 망가질 대로 망가져 걷어 내야 했다.

아이들은 처음에 잡고 난 잠자리를 어찌해야 할지 난감해 했다. 잡을 때는 신났지만 잡고 난 뒤에는 귀찮은 뒤처리만 남 게 되었다. 잠자리 맛이 궁금해서 불에 구워 몸통을 먹어 보는 아이가 있는가 하면 날개를 뚝 떼어 바닥에 놓고는 날개 잃은 잠자리가 허우적대는 꼴을 구경하는 아이도 있었다.

잡은 잠자리의 처리 방식을 알려 준 사람은 용구 엄마였다.

"잠자리는 닭에게 더없이 좋은 단백질이란다. 포동포동 살이 오르면 샛노란 달걀을 낳아 줄 거야."

그 말에 아이들은 처음에는 잡은 잠자리들을 용구 엄마에 게 갖다 줬다. 그러다 잇속이 밝은 아이 몇몇이 제집 닭에게 주 기 시작하면서 잠자리 잡이에 속도가 붙기 시작했다. 집 마당에서 먹을 것을 찾아 땅을 헤집는 닭 무리에게 죽은 잠자리들을 던져 주면 닭들은 잽싸게 몰려들어 경쟁하듯 쪼아 먹었다.

잠자리채에 그물망을 씌워 잡을 수도 있었지만 아이들은 그보다 거미줄 찾기에 더 혈안이 되었다. 아침 일찍 끈적하고 튼튼한 거미줄을 찾아 잠자리채에 감는 것도 그럴듯한 재미였으니까. 집마다 처마나 나뭇가지 사이에 있는 거미줄은 점점 찾기 어려워졌다. 오전 내내 거미줄을 찾아 헤매던 아이들은 산에 올라 거미줄을 얻어 오기도 했다. 용구만은 달랐다. 용구의 잠자리채에는 언제나 거미줄이 진득하게 붙어 있었다. 어디서 구했냐고 물어도 씨익 웃기만 할 뿐 대답하지 않았다. 다른 아이들이 거미줄을 찾아 헤맬 때 이미 잠자리를 열 마리씩 잡은 용구는 새로운 거미줄을 잠자리채에 감고 2차 채집에 나섰다. 용구는 제법 전문적이었는데 우선 동네에서 채소밭을 가장 크게 운영하는 배 씨 할아버지네 집에 가서 한참을 머물며 열 마리 정도를 거뜬히 잡았다. 행여 채소에 바짓가랑이라도 스치거나 채소를 밟아서 할아버지의 마음을 상하게 할까 조심하면서 들락날락할 때 깍듯한 인사도 잊지 않았다. 그다음은 파 농사를 크게 하는 유 씨네 밭으로 이동했는데 가는 길 동안 집마다 쳐 놓은 울타리나 빨랫줄에서 잠깐 날개 쉼을 하며 앉아 있는 잠자리도 놓치지 않았다. 용구의 잠자리채는 흔들림이 없었고 거의 매번 정확했다. 거미줄에 걸렸어도 힘센 놈들은 퍼덕거리면 탈출하기도 하는데 용구는 행동이 어찌나 재빠른지 탈출 전에 이미 날개를 잡아 그 자리에서 싹둑 잘라 버리고 몸통을 사정없이 강아지풀의 뾰족한 끝부분으로 푹 찔렀다. 옆에서 용구가 잠자리 잡는 것을 몇 번 본 나로서는 흠칫 몸을 떨었던 적이 한두 번이 아니었다. 동갑인 용구에게 잠자리 잡기는 놀이가 아니었다. 굶주리고 노련한 포수가 포악한 야수를 향해 사냥총을 겨눌 때 저런 느낌이 아닐까 싶을 정도로 단호했고 날카로웠다. 잠자리를 다루는 용구의 태도와 날개가 찢기고 닭장에 던져지는 잠자리를 보는 일이 심장이 파르르 떨릴 만큼 오싹한 전율로 다가왔다. 그런 용구의 손아귀에 잡힌 잠자리는 한없이 작고 연약해 보였기에 나는 얼마 못 가 잠자리 잡이를 그만두었다.

용구와 또래 남자아이들은 나비를 잡아 날개를 뚝 떼어 내고 땅바닥에 놓고 빙 둘러앉아 구경하는 일도 잦았다.

"그냥 벌레네. 날개를 떼면 기어 다니나?"

나비는 살아 있었으나 방향 감각을 잃었다. 땅에 몸을 대어 본 적 없었으므로 무기력한 몸통은 수치를 감내하며 축축하고 낯선 땅의 감각에 놀라 그저 힘없이 바둥거렸다. 남자아이들은 깔깔 웃으며 나비가 언제까지 버티나 시간을 확인했다. 도저히 죽지 않으면 발로 밟아 뭉갰다. 그들에겐 지극히 일상적인 호기심이었다. 나 같은 여자애들만이 눈살을 찌푸리거나 더 이상 잠자리와 나비를 잡지 않음으로써 소극적인 항의를 했을 뿐이었다.

그해 가을, 엄마들은 닭 장수가 오자마자 너도나도 정성스레 키운 닭을 보여 줬다. 농사를 짓는 엄마들은 집마다 많으면 스무 마리, 적게는 열 마리 정도의 닭을 키웠다. 남의 집 닭과 헛갈리거나 시비가 붙을까 싶어 다리에는 서로 다른 색상의 실들이 아롱다롱 매여 있었다. 엄마들은 아침에 농사일을 갈 때 닭장 앞 작은 공터에 닭들을 풀어놓고 먹다 남은 밥알이나 반찬 같은 것들을 던져 주었다. 닭들은 저들끼리 오구구 몰려다니며 경쟁하듯 모이를 쪼아 먹다가 노을 지는 저녁에 일터에서 돌아온 엄마들이 닭장에 몰아넣으면 대부분 순순히 들어가 꾸벅꾸벅 졸았다. 그리고는 거의 매일 샛노란 계란을 선물처럼 낳는 일을 잊지 않았다. 한 해 농사는 암만 잘돼 봐야 한 해 풀칠이나 되나마나 하지만 손을 덜 타고 계란까지 낳아 주는 닭은 팔면 쏠쏠한 부수입이 되었기에 알뜰한 엄마들은 통장에 저축하기도 하고 간만에 작은 사치를 위해 온 가족이 시가지로 양꼬치 외식을 나가기도 했다.

가장 비싼 값에 팔린 닭은 용구네 닭이었다. 살이 피둥피둥 오른 게 한족 닭 장수가 보자마자 하오, 하오를 그렇게 외쳤다나. 엄마들은 똑같이 정성으로 키운 닭인데 암만 생각해도 용구네 닭이 압도적으로 큰 것은 여름 동안 잠자리를 많이 먹었기 때문이 아닐까, 하고 추측을 하다가 어느새 단정 짓기에 이르렀다. 잠자리가 단백질이라고 했던 용구 엄마의 말에 엄마들은 뒤늦게 수긍하기 시작한 것이다.

이듬해에도 어김없이 불타는 여름이 찾아왔다. 그 여름의 치맛자락에 매달려 은빛 날개를 쉼 없이 저으며 자신들에게 닥칠 비극을 모른 채 우리 마을 채소밭과 나무 울바자 곳곳에 쉼을 하러 잠깐씩 내려앉던 잠자리들은 날갯짓을 잠시라도 멈추는 순간 이내 누군가의 잠자리채에 몇 초안에 걸려들었다. 잠자리와 함께 수욕을 당하는 건 거미였다. 방학을 맞아 아이들의 거미줄 찾기 경쟁이 치열해져서 찾기도 녹록지 않아지자 마지못해 잠자리채에 그물망을 만들어 달아 잡는 아이들도 생겨났다. 허나 이미 거미줄로 잠자리를 잡는 것에 습관이 된 아이들은 그물망을 크게 선호하지 않았다.

용구만은 매일 누구보다 일찍 은빛의 탄탄하고 끈적끈적한 거미줄을 잠자리채에 말고 그날의 사냥을 나섰다. 용구는 비밀이 많은 아이라 거미줄을 어디서 얻었냐고 물어도 시물시물 웃을 뿐 대답을 하지 않았다.

"용구네는 마당에 집만 네 채가 있으니 집 처마에 있는 거미줄도 많을 거야."

아이들은 저들끼리 추측을 했다. 동네 집들은 대부분 벽돌로 낮은 담장을 쌓거나 나무로 울바자를 치기에 까치발을 들기만 하면 앞마당과 집이 훤히 보였다. 휘어진 앵두나무 가지가 담장을 넘어 뻗으면 아이들은 으레 그 앵두는 지나가는 길에 따서 먹어도 되는 것으로 알았다. 그러나 용구네 담장은 벽돌로 높이 쌓고 흙까지 몇 겹을 발랐는지라 동네에 키가 가장 큰 간장 집 아저씨가 까치발을 들어도 안을 들여다볼 수가 없었다. 대문도 용구 입만큼이나 꾹 닫힌 게 일 보러 그 집에 가도 밖에서 한참을 부르고 문을 두드려야 했다. 사나운 개들의 으르렁거림과 짖는 소리 때문에 용구 엄마가 마지못해 창문을 열고 고개만 빼꼼 내밀고는 "뭣 때문에 그러는데요?" 하고 물었다. 용구 아버지는 외지에 나가 건축 일을 하면서 한 달에 한두 번 집에 돌아왔다. 어른들이 쉬는 날 동네 어귀 돌의자에 앉아 수박을 쪼개 먹으며 쉬쉬하는 말을 들은 바로는 용구네가 마을 사람들을 기피하기 시작한 시점은 몇 년 전에 그들이 뒷마당에 작은 집을 세 채나 짓기 시작하면서부터라고 했다. 한 가구당 집 한 채만 소유했던 시절이라 상급에 누군가가 신고를 했고 이 때문에 위에서 조사가 내려온 적이 있었는데 용구네가 창고로 사용한다고 얼버무려서 일은 어찌어찌 무마가 되었다나. 그 이후 용구네가 담장을 높이 쌓으면서 정말 그 세 채의 집이 창고로 쓰이는지 내부 구조는 어떤지 동네 사람들은 확인할 바가 없어졌다. 그저 일손이 바쁜 농사철에 외부 일꾼들이 그 집을 들락날락하는 걸 봐서는 세를 놓은 게 아니냐는 추측만 난무했을 뿐이다. 게다가 용구 아버지가 몇 해를 밖에서 고생하더니 집을 수리하는 기술도 야무지게 배워와 외지에 잘 나가지 않는 겨울에는 남의 집 낡은 담장이나 집수리를 해 주고 돈을 따박따박 잘 받았다. 이에 겨우내 따뜻한 온돌에서 쉬면서 장기와 카드놀이를 했던 어른들은 용구네 집은 대체 돈을 얼마나 많이 벌었을까 궁금해하면서도 인정은 눈곱만큼도 없이 뭐든 돈으로 계산하는 용구네의 야박함 때문에 그들을 공공의 적으로 보고 있었다. 아이들 눈에도 누구보다 잠자리를 잘 잡았던 용구가 그 부모와 다를 바가 없어 보였다.

남자아이들이 잠자리가 잘 잡히지 않는 날 괜스레 심술이 나서 죽은 몇 마리의 잠자리를 용구의 머리 위에 얹거나 늘어난 목깃을 잡아당기고 몸 안에 아직 죽지 않고 한쪽 날개로 파닥이는 잠자리를 집어넣은 걸 본 적이 있었다. 곰곰이 생각해 보면 용구가 아이들에게 해를 끼친 일은 별로 없었다. 용구는 덩치가 또래보다 컸지만 얄팍한 장난에 화를 내는 법도 없이 옷 안에 들어간 잠자리를 꺼내 아무렇지 않게 준비해 두었던 강아지풀에 몸통을 관통시켰다.

"나도 잠자리 잡이가 잘 안되는 날이 있거든. 나에게 주는 건 고마운 일인데 방법이 조금 불쾌하네."

한치의 감정도 싣지 않은 용구의 단단한 말에 아이들은

멈칫하며 유유히 사라지는 뒷모습을 멀거니 쳐다보았다.

　그해 겨울에도 용구네 닭이 제일 비싼 값에 팔려서 엄마들은 배가 아팠다. 허나 그 집 아이들이 용구만큼 집의 닭을 비싸게 팔아 저축해야 한다는 것에 충분한 동력을 얻어 아침부터 열심히 잠자리를 잡지 않았기에 딱히 억울할 것도 없었다. 놀이는 신나도 노동은 피하고 보는 게 아이들인지라 잠자리를 많이 잡지 못하는 게 지극히 당연한 일일 테고, 그저 돈으로 결속된 용구네가 별꼴이라는 결론이 동네 사람들이 받아들이기에는 편했을 것이다.

　나는 아예 여름 내내 잠자리를 잡지 않고 창문가에 앉아 책을 읽으며 그 누구든 우리 집 채소밭에 들러 잠자리를 잡지 못하게 망을 봤다. 엄마는 "너는 영 유별나다야." 하며 조금은 걱정스럽다는 감정을 숨기지 않았다. 닭들에게는 엄마가 집에 없을 때 몰래 비싼 좁쌀을 한 움큼씩 마당에 뿌려 주었다. 비싼 좁쌀은 닭을 살찌게 못 해, 라고 엄마가 혼을 냈지만 나는 우리 집 닭들이 남들 닭들만큼 단백질을 먹지 못한다는 생각이 올라올 때마다 좁쌀을 조금씩 꺼내 뿌려 주었다.

　그날도 엄마 몰래 좁쌀을 몰래 움켜쥐고 나와 마당에 흩뿌리던 찰나에 울바자 옆에서 휘파람 소리가 휘잇, 들렸다. 좁쌀 주위에 몰려드는 닭들에게 손바닥에 묻은 좁쌀을 탈탈 털어 주며 머리를 들어 보니 용구였다.

"요즘 잠자리들이 보이지 않는다 싶더니 다들 너희 집 채소밭이 안전한 줄 알았나 보구나."

용구의 손에 갓 감아 말은 듯 거미줄이 반짝이는 잠자리채가 들려 있어서 나는 이내 눈살이 꼿꼿해지며 방어 태세를 갖추었다.

용구는 머리를 들어 빨랫줄과 울바자 사이에 걸린 작은 거미줄을 발견하고는 본능적으로 잠자리채를 뻗으려고 했다.

"안 돼. 우리 거야."

"뭐가? 거미가? 아님 거미줄이?!"

용구는 어처구니없다는 듯 허허 웃으며 되물었다.

"둘 다."

"거미는 안 죽일게. 어차피 며칠 안에 거미줄을 또 칠 거야."

"거미줄은 거미의 집이야. 넌 네 허락 없이 소중한 집을 힘센 놈이 와서 망가뜨리면 기분이 좋겠니?"

그때 용구는 뭐랄까, 이렇게 생각하는 생명체도 이 세상에 존재하는 게 신기하다는 듯 감탄하는 눈빛에서 어쨌든 이해할 수 없다는 차가운 눈빛으로 이내 바뀌었다. 조용히 생각에 잠기는 듯싶더니 한참 뒤 내게 말했다.

"그런데 말이다. 거미에겐 기분이란 게 없단다. 거미는 오늘 거미줄이 사라지면 예전보다 더 배고플 수 있지만 이내 잊고 또 열심히 거미줄을 지을 거야. 그래야 살 수 있거든. 이건 과학이야."

마지막 '과학'이란 단어를 용구는 천천히 그러나 힘주어 말했다. 내가 얼굴이 뜨겁게 상기되어 미처 응대할 말을 찾지 못해 버벅대는 사이 용구는 잠자리채로 가볍게 거미의 줄을 몇 번 쳤다. 거미는 질겁하며 여덟 개의 다리를 분주하게 움직여 사라졌다. 거미줄을 손쉽게 끝장낸 용구는 내 눈치를 살피더니 한술 더 떴다.

"채소밭의 잠자리도 다 네 거야? 짝짓기를 하고 3개월가량 날다가 겨울이 되면 다 죽어. "

"어쨌든 넌 거미 집도 빼앗고 이제 잠자리 목숨도 앗아 가려 하는 거잖아. 자연의 섭리대로 자연스럽게 죽는 거랑 네 손에 죽어서 닭 모이가 되는 게 어떻게 같아? 잠자리도 자연의 섭리대로 죽고 싶을 거야."

나는 어젯밤 심심풀이로 아버지의 서재에서 읽었던 책에서 '자연의 섭리'라는 근사한 말을 배웠던 기억이 나 곧바로 사용하고는 뿌듯함을 감출 수가 없었다.

"잠자리는 의지가 없다니까! 네가 잠자리랑 대화를 해 봤니? 잠자리가 자연의 섭리에 따라 죽고 싶대?"

용구는 영 답답하다는 듯이 이번에는 눈살을 찌푸리며 살짝 언성을 높이더니 이내 어린아이를 달래는 듯한 온화한 말투로 돌아왔다.

"그런 건 대화를 해 봐야 아는 게 아니잖아. 자연스러운 게 당연히 제일 좋은 게 아니니? 아무튼 우리 집에 날아온 잠자리들은 안 돼."

집에 혼자 있었기에 행여 용구가 덩치로 밀고 들어와 잠자리를 잡으면 어떡할까 덜컥 겁이 났다.

"너 계속 버티고 서 있으면 울 아부지 깨운다?! 울 아부지도 누가 우리 밭에 들어와 잠자리를 잡는 걸 영 질색하거든."

그제야 용구는 마지못해 무기 같은 잠자리채를 들고 사라지며 끝까지 내게 꼽을 주었다.

"야, 너 그렇게 동물들 기분, 의지 다 생각하면 닭고기도 먹지 말고 양꼬치는 더더욱 먹지 마."

그날 저녁 아버지가 하필 양꼬치를 먹으러 가자고 말하기에 나는 침을 꼴깍 삼키면서도 거절했다. 용구 말을 생각해 보니 양도 죽을 때 피를 흘리며 얼마나 애처롭게 울었을까 싶은 게 일순간 식욕이 뚝 떨어졌다. 용구 말이 일리가 있어서 수긍되었기에 얼음 조각같이 차가운 그 말들을 부등부등 껴안고 녹여 내느라 무진 애를 먹었다.

다음 날 용구는 또 우리 집 울바자에 서서 안을 기웃거리며 "오늘은 아부지가 일찍 시내에 가셨지? 자전거가 없네?"라고 물었다. 나는 용구의 치밀함이 진저리나도록 싫어서 약이 바짝 올랐다.

"넌 대체 왜 잠자리를 잡지 못해 안달이야? 잠자리 잡는 거 빼고는 종일 할 일도 없는 모양이다."

"하루에 잠자리 스무 마리를 잡으면 한 달이면 육백 마리잖니. 그걸 다 잡으면 우리 어머니가 내게 게임기를 사 준다고 했거든. 넌 갖고 싶은 게 없니?"

난 용구와 대치하고 있는 상황을 잠시 잊고는 내가 갖고 싶은 것은 무엇인지 잠시 머리를 굴려 보았다.

언니에게는 생일날 소련에서 일하는 고모에게서 선물 받은 서양 인형이 있었다. 언니는 매일 머리를 예쁘게 땋아 주고 천으로 한 땀 한 땀 옷도 만들어 입히며 동생인 나보다 더 동생인 양 살갑게 굴었다. 언니는 그 인형에 때가 탄다고 손으로 만져 보지 못하게 하면서 학교에 갈 때는 서랍에 넣고 자물쇠를 잠가 버렸다. 내가 하도 그 인형을 달라고 울고불고하기에 아버지는 시내에 가서 예쁘장한 바비 인형을 하나 사 왔는데 어쩐지 성에 차지 않았다. 우물쭈물 말이 없자 용구가 눈치를 보더니 말을 이었다.

"넌 거미나 잠자리의 기분도 생각하는 착한 아이잖아. 그러니 내 기분도 좀 생각해 줘 응? 진짜 잠자리들이 너희 집 텃

밭에 많아서 그래. 파를 많이 심었으니 파란 파 끝에 잠자리들이 얼마나 잘 앉는지 아니? 잠자리를 많이 잡지 못하면 게임기를 가질 수 없고 그럼 난 얼마나 속상하겠어."

용구는 표정까지 제법 불쌍하게 지으며 설득력 있는 궤변을 늘어놓는지라 나는 하마터면 마음이 동할 뻔했다. 어쩌면 나도, 만약 언니가 인형을 주겠으니 잠자리 스무 마리를 잡아 오라고 하면 하지 않을까 싶은 찔리는 마음을 주체할 수 없었다.

용구가 계속 내 눈치를 보더니 슬금슬금 대문을 열고 집 마당에 왼쪽 발을 들여놓았다.

"들어오지 마!"

잔뜩 놀란 나는 새된 소리를 질렀고 용구는 못 박힌 듯 그 자리에 굳어 버렸다.

"또 왜 안 되는 건데? 상황을 충분히 설명했잖아."

"넌 게임기 때문에 내게 잠자리의 목숨을 내달라는 거잖아. 까짓 게임 안 하고 말지. 잠자리에게 목숨은 딱 하나란 말이다."

용구는 이내 서슬이 시퍼레졌다. 이제까지 화난 모습을 한 번도 보여 주지 않던 용구는 나조차도 겁에 질릴 만큼 화를 내며 잠자리채를 땅에 내동댕이쳤다.

"듣자 듣자 하니까 나를 아주 살인마로 만드는구나. 대체 잠자리는 왜 잡으면 안 되는 건데!"

"왜냐면… 왜냐면 잠자리의 날갯짓은 아름답잖아. 아름다운 걸 망가뜨리는 건 나쁜 거야."

솔직하게 말했을 뿐인데 용구는 얼굴까지 빨개지며 사나운 멧돼지처럼 코 힘을 씩씩 불었다.

"아름다운 것도 썼다야! 뭐가 그리 아름다워? 흔하디흔한 게 잠자리인데!"

"그러게 넌 흔하디흔한 잠자리를 왜 하필 우리 집에 와서 찾니?! 싫다고 했잖아!"

더 이상 물러설 수 없었으므로 나는 아버지가 벽에 걸어 놓은 활을 꺼내 화살을 먹인 뒤 용구를 겨냥하고 입을 앙다물었다.

"물러서래두!"

용구는 겁을 먹은 티도 나지 않았다. 아예 우리 집 문 앞에 한쪽 발도 마저 들이더니 그 자리에 털썩 대자로 드러누워 버렸다.

"생각을 좀 해 보고 갈게. 해결 방법을."

"싫어! 아무 생각도 하지 마. 네가 하는 생각들이 나랑은 영 안 맞더라고. 설득할 생각도 하지 말아."

"나도 잠자리 잡기가 너무 힘들어서 그래. 잠자리를 잡지 않고 게임기를 얻는 방법이 없을까? 결국 우리 어머니가 원하는 건 닭을 살찌우는 거잖아. 그렇지?"

용구가 머리를 굴리는 방향이 잠자리를 잡지 않는 것이라고 하니 나도 이내 마음이 수그러져서 활을 살포시 내려놓았다. 용구는 금세 의욕이 넘치는 눈빛으로 돌아오더니 발딱 일어나 재빨리 시야에서 사라졌다.

용구는 그날 이후 잠자리를 잡지 않았다. 동네 아이들 모두 궁금해 죽을 지경이었으나 용구는 일절 문밖으로 나오지 않았다. 그사이 잠자리를 지킨답시고 창문가에 앉아 주구장창 책만 읽던 나는 『서유기』와 『탈무드』를 완독하고는 서서히 아버지의 책장을 탐하기 시작했다. 더운 여름이 지나는 동안 재래식 뒷간에 가려고 밖에 나오면 아무렇지 않게 내 눈앞에서 날아다니는 잠자리와 뒷간과 울바자 사이에 번듯하게 줄을 치고 있는 왕거미를 볼 수 있었다.

딱 한 번 잠자리가 거미줄에 걸려 파닥이고 있는 걸 봤던 날이 있었다. 뒷일이 급했으므로 빨리 뒷간에 들어가고 싶기도 했지만 있는 힘껏 거미줄에서 빠져나오려고 몸부림을 치는 잠자리를 보니 그저 지나갈 수가 없어 땅바닥에 있는 마른 나뭇가지 하나를 주워 잠자리와 거미 사이를 가로막고 나뭇가지로 거미줄을 툭툭 쳤다. 거미줄이 출렁거리자 거미는 제자리에 멈췄지만 뒤로 물러서지는 않았다. 속도를 줄여 가면서도 어슬렁어슬렁 잠자리와의 간격을 좁혀 오고 있었다. 시간을 벌어 줬을 때 얼른 거미줄에서 벗어나 도망가길 바랐지만 잠자리는 점점 날개 힘을 잃어 가고 있었다. 거미줄이 흔들릴 때마다 주춤하면서도 온 힘을 다해 먹잇감을 놓치지 않기 위해 기어 오는 거미 사이에서 나는 잠깐 주춤하다가 잠자리를 거미줄에서 떼어 냈다. 거미에게 잠자리는 한 끼 밥일 뿐이지만 잠자리에겐 절대 잃어서는 안 되는 목숨이라는 것과, 최소한 내 눈앞에서 잠자리가 죽어서는 안 된다는 너무나 당연한 자기 확신을 되새김하며 힘껏 잠자리를 하늘로 날려 보냈다. 잠자리는 내 기대만큼 힘차게 날갯짓을 하지 못했다. 거미줄에서 바둥대느라 기진맥진했는지 힘없이 포물선을 그리며 날개를 몇 번 파닥이다가 울바자에 간신히 내려앉았다. 뒷간에 다녀오는 동안 힘을 잠시 고르고 다시 힘차게 날아오르겠지, 하고 중얼거려 보았지만 그건 얄팍한 자기 위로였음을 나도 어렴풋이 알고 있었다. 뒷간에서 나온 나는 구름 한 점 없이 맑은 하늘만 멀거니 쳐다보았다. 그날따라 발에 맞지 않아 질질 끌리는 소리가 나는 커다란 슬리퍼 소리가 유독 마음을 거북스럽게 해 한껏 미간을 찌푸렸다.

서늘한 가을이 우리 집 문턱을 슬쩍 넘어서고 추운 겨울마저 코앞에 닥치자 잠자리들은 이내 사라졌다. 집마다 탈곡을 하고 쌀알을 거둬들이느라 분주한 중에 잘 키운 성축들을 팔면서 겨울을 날 준비를 했다. 가축들은 가을에 살이 잘 찌므로 초겨울이 되면 처분되기 십상이었다. 내년을 기약해 남겨둔 아주 작은 새끼들만 동북의 칼바람이 부는 날이면 밖에서 오돌오돌 떨지 않도록 따듯한 방안 마룻바닥에 종종 놓아두었다. 새끼를 잘 낳는다고 여러 해를 엄마가 껴안고 키웠던 암돼지 외에 많은 가축이 일이 년만 우리 집에 머물다 사라졌다. 돼지 등에 행여 벼룩이라도 타고 있으면 큰 나무통으로 돼지 등을 슬슬 긁어 주며 자식 대하듯 정성 들여 키웠으면서 돼지 앞에서 장사꾼과 몇 푼을 더 받겠다고 암니옴니 따지며 돼지의 처량한 울음소리를 뒤로한 채 신나게 돈 액수를 세던 엄마의 모습을 상기하면 그것이 가차 없이 잠자리를 잡아 날개를 뜯어내던 용구와 뭐가 다를까, 사람 사는 모습이 이러하다는 걸 이미 적나라하게 봐 왔으면서 잠자리를 지키겠다고 외고집을 부리던 나를 용구가 어처구니없어할 만하다는 걸 깨닫는 시간들이 싫었다.

용구네 집 닭들은 용구가 더 이상 잠자리를 잡지 않음에도 덩치가 컸고 이참에 용구 엄마는 양계를 더 크게 벌였다. 마을에서 행여 같은 반 아이들이나 이웃을 마주쳐도 알 듯 말 듯 얕은 미소를 짓고 말던 여자, 목에는 엄마들에게도 보기 드문 샛노란 금목걸이를 하고 있으면서 정작 옷은 몇 년째 같은 밍크코트 하나로 버티는 여자, 단 한 번도 허투루 열린 적 없이 굳게 닫힌 문 안에 살면서 볼 일이 있을 때만 문을 빼꼼 열고 유령처럼 새어 나오던 여자가 용구 엄마였다. 내가 초등학교를 졸업할 때쯤에 용구네가 시내로 이사한다는 소문이 돌았다. 밭은 예전처럼 외지 사람을 고용해 농사를 짓고 대신 집과 가축들을 죄다 팔아 모아 놓은 목돈까지 더해서 시내에 좋은 집을 사고 양꼬치 가게까지 차릴 예정이라고 했다. 동네 사람들은 부러움을 숨기지 못하면서도 입을 모아 말했다. "그렇게 악착같이 돈을 모으더니 다 계획이 있었구만, 부럽긴 해도 우리는 저렇게 야박하게 살지는 못하지."라고.

용구네는 집 대문에 '팔 집'이라고 써 붙인 지 한 달 만에 이사를 가게 됐는데 그때는 하필 추운 겨울이었다. 아침 일찍부터 용구 부모와 용구 셋이서 이삿짐을 끙끙 나르는 걸 보고는 마을 사람들이 끌끌 혀를 찼다. 어떻게든 돈을 아껴 보겠다고 인부도 안 불렀다는 게 기가 막히면서도 무거운 가장집물들을 어찌 들어내려고 그러나 걱정스러웠던지 사람들이 하나, 둘 용구네 집 앞에 모여들었다. 컬러 티브이가 용구의 아버지 손에 들려 나오자 사람들은 속닥속닥 귓속말로 티브이의 가격이나 이 가족이 소유한 가장집물들의 가치에 대해 토론했다. 꽤 쓸 만한 넓은 침대와 소파도 용구 가족 셋이 끙끙 힘을 모아 끌어냈는데 차에 올릴 때는 아무래도 힘에 부쳐 보였다. 건장한 남자 어른 두셋이 구경만 하기에는 딱했던지 얼른 이삿짐 차에 올라타 소파와 침대를 받았다.

"안에 물건 더 있나?"

이들이 대문 안으로 발을 들여놓으려고 하자 용구의 부모는 거의 동시에 손을 저으며 말렸다.

"안에 다른 물건들은 자잘한 것들이라 이젠 됐습니다! 도와준 건 고맙고요!"

차가 시동을 걸고 떠나려 하자 마을 사람들이 엉거주춤 앞으로 나서며 마지막 인사라도 나누려고 손을 내밀었다. 그손에 용구 엄마는 언제 꺼냈는지 모를 십 원짜리 뭉칫돈을 꺼내 한 장씩 건넸다.

"인사도 제대로 못 하고 급하게 떠나서 미안합니다. 이걸로 점심에 따뜻한 탕이라도 한 그릇씩 드세요."

어정쩡하게 돈을 받은 동네 사람들이 짓는 제각각의 표정을 구경하느라 정신없는 와중에 엄마는 용구 엄마가 준 십 원을, 짐을 실은 이사 트럭 위에 꼬깃꼬깃 접어 던져 버렸다. 엄마 따라 돈을 비행기 모양으로 접어 트럭 안으로 날려 보낸 장난스러운 사람들이 있었는가 하면 끝까지 다시 용구 엄마 손에 쥐여주며 예의상으로라도 인사하는 사람들이 있어 트럭은 이내 출발하지 못하고 부릉부릉 선 자리에서 어색한 헛기침만 했다.

용구는 그 틈에 운전석 옆에 앉아 있다가 차 문을 열고 멀거니 서 있는 나를 손짓으로 불렀다.

"넌 아직도 갖고 싶은 게 없니?"

"있지. 있는데 가질 수 없어."

지난날 잠자리 때문에 용구에게 화살까지 겨누었던 일이 미안해서 겸연쩍게 웃었다.

"왜 가질 수 없어?"

"언니가 제일 소중하게 생각하는 거야."

"음… 제일 소중하게 생각하는 물건은 바뀌기 마련이니까 기다리면 가질 수 있을지도 모르지."

용구는 여전히 나보다 몇 살은 더 먹은 오빠처럼 굴었다.

"넌 게임기를 받았어?"

"그럼. 근데 한 달 정도만 좋다 말았어. 정작 갖고 있으니 썩 좋지는 않더라고. 차라리 너처럼 가질 수 없는 게 좋은 거야."

용구는 뭔가를 더 말하려고 입술을 움찔하다가 트럭이 출발하자 이내 창문을 닫고 머리를 돌렸다. 나는 마지막 인사도 나누지 못하고 멋쩍게 뒤로 두어 걸음 물러섰다.

용구 가족이 이 마을을 떠난 후에 사람들이 깜짝 놀란 두 가지 사건이 있었다. 하나는 용구네가 떠나면서 버린 잡다한 쓰레기 안에 거미와 바퀴벌레, 그리마, 지네와 같은 곤충들 사체가 가득 담긴 유리병이 여섯 개나 발견되었다는 것이고 또 다른 하나는 용구 엄마가 이사 가기 전날 밤 큰 수술을 앞둔 부녀 주임에게 온 마을 사람들이 5원, 10원씩 모금한 금액 총액에 해당하는 돈 봉투를 건넸다는 것이다. 사람들은 용구네가 떠나고 며칠 동안은 이 이슈들을 고급 정보인 양 귓속말로 서로 알려 주었지만 이내 잠잠해졌다. 용구네가 어찌하다 이 마을에 안착하게 됐는지는 모르지만 마을 사람들과는 살아가는 결이 너무 달라 이 마을에 어울리지 않는 그림이었으므로 떠나는 것도 이미 정해진 수순이었다는 것을 모두 다 받아들이는 눈치였다. 걱정하지 않아도 어딘가에서 기깔나게 잘 먹고 잘 살면서 돈을 잘 굴릴 사람들이었다.

용구 가족이 떠난 그 집은 일주일 뒤에 한족 가족이 이사 왔다. 그들에겐 사납게 짖어 대는 셰퍼드는 없었지만 담장 위에 날카로운 유리 조각들을 촘촘히 꽂아 아무도 감히 담장에 손을 댈 수 없게 만들었다. 안에 있는 작은 집 세 채는 그 후에 이사 온 이제 막 정착을 준비하는 사람들에게 세를 주었다. 한족 가족은 오자마자 한 달 만에 수술을 마친 부녀 주임의 논밭과, 이제 힘에 부쳐 농사를 못 짓게 된 노부부의 밭을 사들였다. 노부부는 시가지에 사는 아들이 농사를 짓고 살 생각이 아예 없어서 어쩔 수 없이 밭을 내놓고도 가끔은 밭에 와서 흙을 만졌다. 비옥한 밭을 묵혀 둘 수는 없었기에 밭을 위한 일이었다고 믿었다. 한족 집 할아버지는 칠십이라고 하는데 할머니와 함께 봄 여름 가을에는 아이들에게 엿을 만들어 팔고 겨울에는 탕후루를 만들어 팔았다. 동네 사람들은 용구네 가족에게 그랬듯 시작부터 경계하는 듯하면서도 주체할 수 없는 호기심으로 한족 할머니에게 서툰 중국어로 늘그막까지 왜 이리 열심히 돈을 버는지와 같이 솔직한 질문들을 가끔 했다. 한족 할머니는 그때마다 웃으면서 대답했다. "사람은 평생 돈을 벌고 돈을 쓰다 죽는 거니 늙어서도 돈을 벌 수 있다면 그것도 다 복이지. 가능하면 적게 일하고 많이 버는 게 제일 좋지."라고. 사람들은 그 말을 들을 때면 일순간 얼굴빛이 환해지며 격하게 머리를 끄덕였지만 용구네처럼 양꼬치 가게를 여는 일은 막막해 보이고 한족 할아버지네처럼 늙어서까지 아이들의 코 묻은 돈을 버는 일은 선뜻 마음이 가지 않는 탓에 여전히 어제의 모습대로 있었다.

부녀 주임네처럼 뜻밖의 큰 불행만 닥치지 않는다면 적당히 부지런하게, 크게 분발하지도 않고 살아갈 수 있는 일상이 자연스러운 것이었다. 그리고 나 같은 동네 아이들은 부모를 졸라 얻어낸 용돈으로 가끔 달달한 엿과 탕후루를 사 먹으며 여름마다 어김없이 잠자리 잡이를 했다. 잠자리 잡이가 싫증 나는 날은 개천에 가서 작은 물고기들을 잡았다. 마을의 닭들은 운 좋은 날은 잠자리를 얻어먹고 고만고만하게 자랐다. 아직 젊었던 우리의 부모님들은 막연하게 용구네처럼 더 크고 좋은 집과 더 나은 삶을 꿈꾸긴 했지만 여태껏 그래 왔던 것처럼 수고스럽긴 해도 친근한 삶의 방식을 바꾸지 않았다. 매년 한두 집씩 계속 시가지로 이사를 떠나고, 한족 할아버지 부부가 따뜻한 차를 마시고 한약을 달여 먹으며 혈기 왕성한 얼굴로 엿을 팔 때 그들은 한 번씩 밤잠을 설치며 몸을 누이고 있는 이 작고 낡은 집을 떠나기 위해 무엇을 더 해야 할까 머리를 굴려 보기도 했다. 그러다 초겨울 바람이 창틈으로 슬며시 들어와 살에 닿을 때 삶이란 잠을 자고 깨면 반갑게 맞이해 주는 아침처럼, 추운 겨울을 잘 견디면 성큼 다가오는 따뜻한 봄처럼 순리대로만 움직이지 않는다는 걸 아프게 떠올리곤 이불을 더 꽁꽁 여미며 잠을 청했다. 그 무수한 밤을 나는 어떤 날은 피곤에 지친 부모님의 코골이 소리를, 또 어떤 날은 꿈을 꾸듯 중얼거리는 한숨 섞인 혼잣말을 들으며 어슴푸레 눈을 떴다. 희붐히 밝아 오는 새벽이 창문 유리 밖에서 서성이고 있는 걸 확인하면 무거운 눈꺼풀은 힘없이 다시 내려앉았다. 아침이 밝아 오기까지 아직 더 잘 수 있다는 안도감, 내겐 그것만으로 그저 충분했던 시절이었다.

우물가의 아이들

1.

우물 안은 바싹 말라 있었다.
들여다보니 습기 한 점 없었다.
한때 그 우물가는 우리의 놀이터였다.

어린 시절의 여름은 바람 한 점 없이 드높은 하늘의 태양
만 정열적으로 이글이글 타오르는 날들이 많았다. 아스팔트
길을 미처 닦지 못한 골목마다 트럭이라도 한 번 지나가면 먼
지가 뽀얗게 일어나 얼굴이 땀과 먼지로 범벅 되기가 일쑤였
다. 아이들은 수업이 끝난 뒤 자주 우물가에 놀러 갔다. 우물

은 사용하지 않은 지 오래되어 입구를 막아 안을 들여다볼 수 없었지만 우물을 감싸고 있는 정자 때문인지 무더위를 피하기엔 그럭저럭 만족할 만한 장소였다. 거의 매일 출근 도장을 찍듯 곰방대를 물고 우물가 근처 의자에 앉아 쉬는 조선족 할아버지들은 불과 몇십 년 전만 해도 이 우물 안에 깨끗한 물이 가득 넘쳤다고 자랑했다.

"이 우물을 왜 룡두레 우물이라 하는지 아니? 여기서 진짜 룡이 나왔어, 룡이."

몇십 년 전이 나 같은 아이들에겐 상상도 할 수 없는 까마득한 옛날인데도 할아버지들은 그 시간을 마치 이른 아침 하품을 하며 일어나 간밤의 일을 상기하는 듯 노곤한 말투와 덤덤한 표정으로 말했다. 아이들은 룡 이야기만 나오면 슬슬 도망갔지만 할아버지들은 요즘 교육이 정말 못돼 먹어서 제대로 된 민족 역사를 가르치지 않은 탓이라며 눈에 보이지 않는 누군가에게 불만을 드러냈다. 할아버지들의 지론대로라면 우리의 역사는 이 우물 안에서 나왔다는 룡으로부터 시작되는 것이었다. 간혹 똑똑한 아이가 룡두레는 물을 퍼 올리는 연장이라고 항의를 해 보기도 하지만 할아버지들은 떽, 하며 짐짓 무서운 표정을 지었다. 호기심이 넘치는 아이들이 가끔 할아버지들 옆에 엉덩이를 붙이고 앉아 그들 이야기에 귀를 기울여 봐도 딱히 재미있는 포인트는 없었다. 조선족들이 룡두레 우물에서 나온 물을 마시면서 경작하고 마을을 꾸리고 전쟁을 치르고 대대손손 오늘날까지 힘들게 살아왔다는 이야기, 딱 거기까지였다. 세상에 경작하고 마을을 꾸리고 전쟁을 치르지 않은 민족과 족속이 어디 있담, 사는 게 다 그런 거지, 우리는 어렸지만 이 정도 사리 분별은 할 줄 알았다. 할아버지들은 너 한 마디 나 한 마디 우물과 연관 지은 조선족의 이야기를 들려주다가 꼭 한 번씩 서로 합의를 보듯 "이런 얘기까지는 하지 맙세." 하며 넘어가는 부분이 있었다. 말하지 말자고 합의 보는 그 이야기들이 궁금하지만 할아버지들은 끝까지 함구하고 하나 마나 한 이야기들만 늘어놓았기에 아이들은 서서히 우물가에 앉아 있는 할아버지들을 시시하게 생각했다. 우리 눈에 조선족 할아버지들은 두 부류로 나뉘었다. 총알이 날아다니는 전쟁터에서의 경험을 생생하게 들려주는 영웅 할아버지들과 농사를 짓고 살다가 기운이 없어질 때쯤 롱두레 우물가에 나와서 시답지 않은 전설을 들려주는 눈앞의 할아버지들.

우리가 본보기로 삼을 만한 영웅 할아버지들은 대부분 노인 활동실에 드나들며 점잖게 지냈다. 그중에는 전쟁터에서 총알을 관통당해 팔이나 다리가 없는 이도 있었다. 그들은 한 번씩 술을 마시면 젊은 시절 불렀던 전장의 노래나 당가를 합창하는 취미가 있었다. 나의 할아버지가 좀 유별나긴 했다. 할아버지는 전쟁터에 다녀왔지만 노인 활동실에 드나들지 않았고 당가를 부르지 않았다. 우물가에 나가는 건 더 질색하는 은둔형이었다. 엄마는 할아버지가 집에 있으면 삼시 세끼를 챙겨 드려야 했으므로 왜 할아버지가 노인 활동실에도 가지 않고 우물가에도 나가지 않는지 늘 불만이었다. 할아버지는 매일 돋보기를 끼고 남쪽에서 몰래 넘어왔다는 책들—서양 철학을 우리말로 번역한 책이나 남쪽 노인이 쓴 전쟁 회고록 같은 것을 책 페이지마다 침을 찍어 가며 읽었다. 밥때는 또 귀신같이 알아서 조금만 늦어지면 엄마에게 눈치를 줬다. 내가 저녁밥을 먹은 뒤 우물가에 놀러 나간다는 걸 알면서도 할아버지는 말리지 않았다. 오히려 질색하는 건 엄마였다. "우물가에 가서 배울 게 뭐가 있겠니. 차라리 중국 드라마와 한국 드라마를 봐두렴. 언어도 배우고 사람들 마인드와 사고방식도 배우면 좀 좋으니." 할아버지는 방 안에 앉아 계셨지만 귀가 어찌나 밝은지 엄마가 날 가르칠 때면 꼭 한마디씩 껴들었다.

"우물가에 가면 조선족도 있고 한족도 있고 남쪽 사람들도 볼 수 있으니 얼마나 좋아. 어릴 때부터 복잡한 사회관계를 보고 경험해야 머리도 빨리 트지."

엄마가 방을 향해 눈을 흘기는 사이 나는 슬리퍼를 끌고 물처럼 집을 빠져나왔다.

2.

　일송정과 윤동주 생가를 거쳐 하나의 여행 코스로 우물에 잠깐 들르는 남쪽 사람들은 아이들에겐 구경거리였다. 남쪽 사람들은 로고가 박힌 단체 티를 입고 떼 지어 등장할 때가 많았다. 여행 가이드인 듯한 현지인 한 명이 늘 따라붙었는데 남쪽 여행객들이 우물을 빙 둘러싸고 있으면 가이드는 족히 20분은 우물에 대해 설명했다. 가이드마다 룽두레 우물의 전설에 대해 알고 있는 버전이 달랐다. 수모를 당한 소녀가 우물에 뛰어들었다가 룡이 되어 하늘로 날아올랐다거나 사연 있는 선비가 원통함을 이기지 못하고 우물에 뛰어들었다가 룡이 되어 하늘로 날아올랐다거나 어쨌든 이 우물에 몸을 내던진 대상은 룡이 되어 비상했고 그로 인해 이 우물은 룽두레 우물이 되었다는 점에서는 합의를 봤는지 같은 결말로 마무리했다. 카더라 전설 뒤에는 이 우물이 우리 조상들이 이곳에 터를 잡을 때 사용했다는 한 마디가 첨언되었다. 남쪽 사람들은 누구보다 진지한 얼굴로 가이드의 설명을 들으며 우물 입구를 향해 카메라 셔터를 눌렀다. 그들이 한 번씩 우물가에 다녀갈 때마다 우리는 잠시 룽두레 우물이 역사적 관광지였음을 상기했다.

　가이드의 설명을 듣고 우물을 배경으로 단체 사진 촬영을 마친 뒤 남쪽 사람들은 우물을 둘러싸고 서서 저녁 메뉴로 연변 냉면을 먹을지 양꼬치를 먹을지 토론했다. 토론 끝에는 언제나 시선을 우리에게 옮겨 추천해 줄 만한 맛집이 있는지 도움을 청했다. 우리는 중구난방으로 알고 있는 맛집 이름을 하나씩 말했고 그들은 함께 사진을 찍을 수 있는지 물어 왔다. 얼떨결에 머리를 끄덕이면 그 순간 일행들이 우르르 몰려와 다함께 "김치~"를 외치며 단체 사진 여러 장을 찍게 되고, 떠날 때 그들은 여행 가방을 뒤적여 펜이나 수건 같은 것을 꺼내 선물이라고 건네면서 '메이드 인 코리아'라는 사실을 강조했다.

아이들 중에 남쪽 사람들이 주는 선물을 수집하는 취미를 가진 경매가 있었다. 경매는 언제나 남쪽 사람들이 룡두레 우물을 충분히 구경하고 사진을 다 찍을 때까지 느긋하게 기다렸다가 적절한 타이밍에 끼어들어 먼저 말을 건넸다.

"어디서 오셨슴까?"

남쪽 나라 사람들은 대부분 그들이 살고 있는 지역과 그 나라에 대해 자랑스럽게 설명을 해 주었다. 경매처럼 호기심을 갖고 열심히 들어 줄수록 목소리 톤이 한껏 들뜨기도 했다. 작은 지도를 펴 놓고 손끝에 거의 가려질 것 같은 그 나라를 짚으며 대한민국이라는 나라가 얼마나 좋은 나라인지에 대해 목덜미까지 흐르는 땀을 훔치며 열성껏 말하는 그들의 얼굴을 빤히 쳐다보는 일이 나는 이유를 몰랐지만 좋았다. 경매는 설령 몇 번이고 반복해서 들은 이야기라 할지라도 중간에 말을 끊지 않고 처음 듣는 듯한 호기심 어린 표정으로 끝까지 인내심 있게 경청하는 재주가 있었다. 남쪽 사람 중 누군가는 경매의 펜팔이 되어 한두 달에 한 번씩 국경을 넘어 편지를 보내 줬으며 또 누군가는 경매가 좋아하는 젝스키스의 최신 CD를 보내 주기도 했다. 경매는 방과 후면 나에게 먼저 뛰어와 "우물 보러 갈까?" 하고 물었다. 썩 친한 사이는 아니지만 그 많은 여자애 중에 우물가에 자주 가는 아이가 나라는 사실을 재빨리 눈치챘던 모양이다.

경매는 점심시간이면 도시락을 들고 곧잘 내 옆자리에 찾아왔다. 그의 도시락 반찬은 매번 배추김치나 겉절이 같은 소박한 밑반찬에 삶은 계란 하나였지만 여느 아이들처럼 창피해하지 않았다. 내 도시락에 오징어볶음이나 샛노란 단호박전 같은 별미 음식이 담겨 있어도 한번 스윽 훑고는 흔들리지 않는 표정으로 말했다. "난 도시락만 딱 봐도 누구네 집 엄마가 또 남쪽으로 떠났는지 알 수 있어." 그건 나도 어림짐작으로 알 수 있었다. 정성스럽다 못해 약간은 극성인 도시락이 점차 밑반찬 위주로 바뀌는 동안 아이들은 표정이 어두워지기도 했지만 한두 달 이후엔 점심마다 근처 분식점에서 먹고 싶은 돈가스를 마음껏 먹을 수 있게 된다. 경매는 지금 그 과도기를 겪는 중이었고 본인도 이를 잘 안다는 듯한 눈치였다. 나도 한 번씩 왕돈가스를 매일 먹는 아이들이 부럽기는 했지만 한편으로는 정다운 내 도시락의 따뜻한 열기를 품에 꽉 안고 놓고 싶지 않았다. 경매에게 도시락의 반찬들을 권했을 때 첫 몇 번은 당차게 거절하더니 내가 경매 할머니의 솜씨라는 마늘장아찌를 몇 번 맛있게 먹자 그제야 경매는 내 반찬을 먹었다. 점심마다 도시락을 나눠 먹다가 우물가에 새로운 이슈가 생겼다며 경매가 눈을 반짝일 때마다 나도 호들갑을 떨며 언제든 따라나섰다. 경매가 2교시가 끝나자마자 내게 달려와 귀에 대고 "우물가에 남쪽 사람 두 명이 왔는데 아이들에게 키링을 나누어 준대."라고 속삭인 날도 키링이 뭔지 궁금해서 한껏 들떠 있다가 학교 종이 울리자마자 우물가로 달려갔다. 잠시 뒤 우리는 키링이 열쇠고리라는 사실을 알고는 애국심이 유난해 보였던 남쪽 사람들이 지극히 일상적인 것에는 오히려 거리낌 없이 영어를 사용하는 것에 약간의 괴리감을 느꼈다. 우리가 중국어를 자주 사용하는 것과 뭐가 다를까 싶었다. 그나마 우리는 한족들과 엉켜 살았기에 중국어는 생활권 언어였고 국어였다. 가끔 우물가에는 복음을 전하거나 남쪽 버전의 역사관을 전하는 아저씨들이 나타나곤 했다. 그들은 우리가 지루하다고 느낄 때쯤 한 번씩 간식을 꺼내 주거나 "자, 곧 끝나요~! 지금부터 듣는 내용이 제일 중요한 거예요!"라고 말하며 관심을 끌었다. 너희들이 항미원조라고 알고 있는 그 전쟁은 동족상잔의 전쟁이며 북쪽이 주일날인 6월 25일 남쪽이 긴장을 늦춘 틈을 타 먼저 공격했다며 열변을 토하는 아저씨도 있었다. 계속 듣고 앉아 있는다면 선생님이나 부모에게 혼날 수 있어서 많은 아이들이 슬슬 자리에서 일어났다. 그럼에도 뒤에 서 있는 또 다른 아저씨는 얼굴에 미소를 띠고 우리에게 기념품들을 건네주었다. 내 아버지는 남쪽 사람에게서 받아 온 기념품을 극도로 싫어했기에 나는 늘 포장도 뜯지 않은 채로 경매에게 주었다. 경매가 정자 의자에 앉아 선물 포장을 뜯는 동안 나는 가만히 귀를 기울여 저 불온한 말들을 거침없이 쏟아 내는 남쪽 아저씨의 이야기를 끝까지 들었다. 그 아저씨가 가방을 챙겨서 우물가를 떠나려고 할 때 나는 아저씨에게 먼저 다가가서 말했다.

"아저씨, 우리는 소학생이라 아직 아저씨가 말하는 그 전쟁에 대해 배우지 않아서 잘 모른다."

아저씨는 먼저 다가와 말을 건네준 내게 호의를 느꼈던지 머리를 쓰다듬어 주며 알고 있다고 대답했다.

"교과서에서 배우기 전에 미리 알려 줘야지. 그래야 나중에 교과서에서 항미원조를 배울 때 아저씨가 했던 말이 떠오르지 않을까?"

나는 아저씨의 얼굴을 빤히 쳐다보면서 의도를 파악해 보고 싶었다. 아버지는 동네에서 사소한 말다툼이 나도 대부분은 어느 한쪽이 더 나쁜 사람이어서가 아니라 입장 차이거나 이익 마찰일 가능성이 더 높다고 알려 주었다. 그러니까 전쟁도 비슷하다고 했는데 남쪽 아저씨는 왜 당신의 입장을 우리가 알았으면 하는지 궁금했다.

"왜 아저씨가 했던 말이 떠올라야 함다?"

아저씨는 당황하지 않고 역으로 내게 질문했다.

"넌 이름이 뭐니?"

"순화임다."

"그래, 순화야. 넌 만약에 한국과 중국이 축구 경기를 하면 어느 쪽을 응원할 거니?"

아이들의 입에서 남쪽 아저씨들에게서 기분 나쁜 질문을 받았다는 얘길 귀동냥으로 들은 적 있었는데 그 일이 내게도 닥쳤다. 당황스럽고 혼란스러운 마음에 나는 아이들이 했다는 다양한 답변들을 떠올리며 내게 맞는 답을 찾느라 그 자리에 서서 한참을 아무 말을 할 수가 없었다. 전 축구 안 봐요, 그런 질문 싫어요 등등, 아이들이 가르쳐 준 답변은 많았지만 나는 끝내 아무 대답도 할 수가 없었다.

"역사에는 결국 감정이 들어가고 응원이 들어가게 되어 있단다. 다양한 견해를 모두 수용하고 있어야 나중에 스스로 선택할 수 있지 않겠니. 순화의 최종 선택이 항미원조라면 그때는 이 아저씨도 너의 견해를 존중할 거다."

아저씨가 사라진 후 나는 경매가 감탄하며 내민 선물을

보았다. 미니 지구본이었다. 깨알 같은 우리 글로 각 나라 이름과 섬, 바다의 이름이 적힌 지구본은 정교하기도 했지만 동그란 지구를 돌리자 경쾌한 소리를 내며 빠른 속도로 회전했다. 나는 회전할 때 들리는 소리와 형체가 보이지 않을 만큼의 속력으로 돌아갈 때의 지구가 좋아서 몇 번이고 손가락으로 지구를 돌려 보았다. 아저씨는 대체 몇십 개의 지구본을 들고 비행기를 타고 연변까지 왔을까. "재밌는 아저씨네." 하고 중얼거리자 경매가 지구본을 내게 주었다. 나는 그 지구본이 무척이나 마음에 들었다.

3.

나에게 우물가는 작은 극장 무대 같았다. 그 무대에서 낯선 사람들이 한 번씩 등장해 소소하거나 묵직한 에피소드를 연기하고 연기같이 사라졌다. 나는 그 사람들의 표정, 제스처, 무심코 던진 말 한마디조차 무심한 듯 조용히 반짝이는 눈에 담아 두며 단골 관객이 되어 갔다.

아이들은 우물 입구에 모여들어 어떻게든 틈을 찾아 기웃거리며 우물에 뛰어들면 룡이 되어 승천한다고 하니 해 볼 사람 없냐고 저들끼리 위험한 농담을 했다. 우물 위에는 정자 지

붕이 있어 우물에 비든 눈이든 떨어지지 않게 막았다. 정자 중앙에 우물이 있고 우물 주위에 나무 의자가 비치되어 있어 한가한 낮은 할아버지들이 앉아서 담배를 피우며 담소를 나누고 행여 관광객들이 오면 잠깐 앉아 한 숨 쉬어 갔다. 우물 왼쪽 옆에는 오래된 나무가 한 그루 있었다. 나무 앞에는 '룡두레 우물'이라고 우리 말을 새긴 돌 비석이 웅크리고 앉아 있었다. 늦은 여름밤이면 가끔씩 빨강 파랑 노랑 투피스를 입고 손에 부채나 팔각건, 미니 요고를 들고 중국 전통 음악에 맞춰 흔들흔들 양걸무를 추며 우물가를 지나가는 한족 노인들이 있었다. 행렬은 두 줄로 나란히 서서 뱀처럼 끝없이 이어졌다. 족히 칠팔십 명은 되는 양걸무 부대는 머리에 요란한 꽃장식이나 비녀를 꽂아 행인들의 이목을 집중시켰다. 아이들은 익숙한 풍경에 한족 노인들의 취미 생활로만 알고 어서 우물가를 지나가기를 기다렸지만 나는 매번 양걸무가 신기했다. 스텝을 보면 뒤로 두 발짝 물러섰다가 다시 앞으로 두 발짝 나가는 동작을 반복했는데 상식적으로는 뒤로 두 발짝, 앞으로도 두 발짝을 똑같이 밟으면 앞으로 전진이 되나 머리를 갸우뚱할 법했다. 그들은 뒤로 살짝 쿵 두 발짝 후퇴한 뒤, 아까보다 더 과감하게 앞으로 쿵쿵 두 발짝 전진했다. 멀리서 보면 선 자리에서 몸만 흔드는 것 같은 비밀은 거기에 있었다. 그렇게 스텝을 밟는 탓에 우물가를 지나가기까지 꽤 시간이 걸렸지만 그들은 태연하

고 당당하게 특이한 스텝을 밟으며 춤을 추었고 어쨌든 앞으로
전진했다.

　　우물가에 앉아 있는 조선족 할아버지들은 오래전부터 양
걸무를 추는 한족 노인들을 탐탁지 않게 여겨 왔다. 하필이면
우리 민족의 정기를 고이 담은 우물가 주위까지 와서 요란한
한족 스텝을 밟아야 하는지, 이는 소수 민족 문화를 존중하지
않는 태도라며 내일이라도 당장 시청에 가서 신고하겠다고 언
성을 높이기도 했지만 그때뿐이었다. 딱 한 번 술에 거나하게
취한 조선족 할아버지 한 분이 양걸무를 추는 대오의 맨 앞에
서 있는 한족 할아버지에게 앞뒤도 맞지 않는 중국어를 구사하
며 니디워디* 삿대질로 우물가를 지나지 말라고 고래고래 소리
를 질렀는데 그마저 저들의 꽹과리 소리와 단소, 북소리에 묻
혀 아무도 꿈쩍하지 않았다. 옆에 있는 할아버지들이 체면이
라도 세워 주려는 참인지 말리는 척을 했고 그 할아버지는 헛
기침을 하며 두어 번 더 조선말로 걸쭉하게 욕을 한 뒤 다소곳
하게 자리에 앉았다. 그때 불현듯 등장한 왕두라는 아이가 있
었다. 왕두는 조선족 할아버지들에게 가서 사뭇 공손한 태도

---

*　직역하면 '네 것 내 것'으로 체계적으로 중국어를 학습하지 못한 조선족 옛
어르신들이 쉽게 배우게 되는 용어 중 하나다. 때문에 중국어에 익숙하지 않은
상대에게 '니디워디를 한다' 혹은 '니디워디밖에 모른다'고 표현할 때가 있다.

로 "할부지~ 저는 한족~" 하며 서투른 조선말로 말을 뗐고 할
아버지들은 "으응?" 하며 어리벙벙한 표정으로 왕두를 쳐다봤
다. 왕두는 우물가를 끼고 있는 아스팔트 길 맞은편에서 뽀즈
를 팔고 있는 한족 집 아들이었다.

"한족이 춤을 춰도 우물은 변하지 않아~ 조선족 대범해!"
왕두의 말을 알아들은 할아버지들은 "허허허, 그 녀석!"
하며 어색한 웃음을 짓더니 불시에 주위를 의식하는 듯했다.
행여 의자에 앉아 여름 바람을 맞으며 쉬고 있는 사람들 중에
왕두처럼 우리 말을 알아듣는 한족도 끼어 있을 수 있다는 생
각을 한 건 비단 나뿐만이 아니었을 것이다. 왕두가 제 덩치만
한 큰 가방에 뽀즈 스무 개 정도를 담아 낑낑대며 우물가에 나
타난 지는 한참 되었다. 양걸무를 추는 부대는 천천히 움직였
으므로 그들 중에는 옆에서 "뽀즈 있어요! 부드러운 소고기 소
를 품은 뽀즈도 있고 고소한 양고기를 품은 뽀즈도 있어요! 한
입 깨물면 육즙이 좌르르 흐르는 뽀즈 팔아요!" 하고 소리치는
왕두의 유혹을 이기지 못하고 고의춤에서 잔돈을 꺼내 뽀즈를
사는 노인들이 매번 있었다. 그들은 뽀즈를 갓난아기처럼 품
안에 따뜻하게 품고서 아무 일 없었다는 듯 대오의 뒷 줄에 서
서 다시 뒤로 두 걸음, 앞으로 크게 두 걸음을 내디디며 양걸춤
을 추었다. 왕두는 매번 먼저 돈을 받고 금액을 확인한 뒤 가방
에서 아기를 보자기에 싼 듯 두 겹 세 겹 포장한 비닐을 헤치고

재빠르게 뽀즈를 꺼냈다. 그리고는 비닐을 펼칠 때보다 더 빠른 속도로 비닐을 단단히 덮어 두었다. 덕분에 왕두의 뽀즈는 어둠이 짙어지고 사람들이 서서히 흩어지는 밤 아홉 시에 사 먹어도 여전히 따뜻했다. 왕두는 눈치가 빨라 예상보다 뽀즈가 일찍 팔린 날은 손목시계로 시간을 확인하고는 재빨리 집에 들러 뽀즈를 더 받아 오고 거슬러 주기 쉬운 잔돈들을 들고나왔다. 잘 팔리지 않는 날에는 뽀즈가 식을까 집에 갖다 두고 다시 우물가에 나와서는 아이답게 우리와 어울려 놀았다. 행여 조선족 아이들 중에 노골적으로 "저리 가! 넌 한족들이랑 놀아!" 하고 밀어내는 아이들이 있었지만 왕두는 매번 대수롭지 않게 넘겼다.

"난 한족과 놀고 조선족과 놀고! 우린 다 중화민족!"

"뽀즈 안 사 먹어! 여기서 팔지 마!"

"난 연변 냉면 좋아! 뽀즈 맛있어! 뽀즈랑 연변 냉면 같이 먹어. 더 맛있어!"

그러면 아이들은 와그르르 다 같이 웃었다. 왠지 왕두는 얄밉지 않았다. 아이들은 암묵적으로 왕두만은 받아들이고 있었다. 다른 한족 아이들이 우물가에서 어슬렁대면 남자아이들은 눈치를 주어 쫓아내지만 왕두만은 뽀즈를 팔게 내버려 뒀다.

왕두는 나에게 뽀즈를 팔아 본 적이 없었다. 경매와 함께서 있으면 내겐 눈길 한 번 주지 않고 경매에게만 뽀즈를 사라고 다가오는 게 이유가 궁금하기도 하고 불쾌한 적도 있었다. 양걸무 부대가 지나간 지 한참이 지나고 아스팔트 길의 차들도 한적해진 늦은 밤, 사람들이 깜빡이는 가로등을 뒤로하고 뿔뿔이 집으로 흩어질 때 나는 우물 옆에 쪼그리고 앉아 남은 찐빵 개수를 세어 보며 집에 갈 준비를 하는 왕두의 등을 툭 쳤다.

"얘, 넌 왜 내겐 뽀즈를 팔지 않니?"

왕두는 뒤도 돌아보지 않고 가방을 다 정리하고 어깨에 멘 뒤 가볍게 일어나선 그제야 나를 돌아봤다.

"한족 음식은 꺼리는 것 같아서."

왕두가 똑 부러지게 중국어로 말했으므로 나는 모두의 앞에서 어수룩하게 우리 말을 하던 왕두와 눈앞의 왕두가 한 사람이라는 사실을 애써 상기해야만 했다.

나의 할아버지도 왕두에 대해 알고 있었다. 어느 날은 내게 돈을 주며 왕두네 뽀즈 세 개를 사 오라고 했다. 양고기는 비릿하다고 소고기 소 뽀즈를 주문했지만 그날따라 하필 소고기 소 뽀즈가 일찍 매진되어 왕두는 잠깐만 기다리면 맞은편 가게에 가서 소고기 소 뽀즈를 갖다 주겠다고 했다. 왕두의 머리에서 주르륵 흘러내리는 땀을 보며 나는 괜찮다고 하곤 양고기 소 뿌즈 세 개를 받아 왔다. 할아버지에게 건네기 전에 내가 먼저 한입을 먹어 보았다. 왕두네 양고기 소 뿌즈는 양고기 특유의 비릿한 잡내를 어떻게 잡아 냈는지 고소하기만 했다. 엄마는 뿌즈를 보자마자 손사래를 쳐서 결국 두 개 다 할아버지가 드셨다. 할아버지는 소고기 소 뿌즈를 사 오지 못한 전후 사정을 듣고는 머리를 끄덕이곤 눈앞의 양고기 소 뿌즈를 한입 크게 베어 먹었다. 그때 할아버지의 얼굴에 화색이 돌았다. 한참을 아무 말 못 하고 뿌즈 두 개를 천천히 씹어 다 드신 할아버지는 양치도 잊고 수염에 기름기가 묻은 그대로 잠들었다.

엄마는 입가와 수염에 기름기가 번들거리며 잠든 할아버지 모습을 보고는 미간을 찌푸리며 미닫이문을 쿵 닫았다. 눈꺼풀이 움찔했지만 할아버지는 이내 잠자는 자세를 가다듬으며 새우등을 하고 두 손을 X자로 포개어 겨드랑이 사이에 끼고 다시 잠을 청했다. 나는 할아버지에게 담요를 덮어드리고 할아버지의 머리맡에 있는 책 몇 권을 할아버지의 눈이 잘 닿도록 서재의 두 번째 칸에 놓아두었다. 소등하고 미닫이문을 살며시 닫고 나오니 잠들지 못한 엄마가 거실에서 힘차게 칫솔질을 하고 흰 거품을 싱크대에 퉤, 하고 뱉고 있었다. 이부자리를 펴는 동안도 내게 등을 돌린 채 꽤 오래 꼼꼼하게 칫솔질을 하던 엄마는 요란하게 마지막 가글을 하는가 싶더니 벽을 마주한 채로 미리 장전해 둔 듯한 말을 한꺼번에 쏟아 냈다.

"시골에 계시는 작은할머니를 모셔 올까? 5년만 참으면 엄마가 남쪽에 가서 정착하고 널 데려갈게. 네 할아버지도 그랬잖니. 어릴 때 네가 본 만큼이 네 세상이라며. 여긴 너무 작고 볼품이 없어. 그때까지만 작은할머니가 해 주시는 밥을 먹으면서 열심히 공부하렴…."

어쩌면 나에게도 일어날 수 있는 일이란 걸 언젠가부터 한숨만 짓는 엄마를 보며 예상하기는 했지만 위에 아슬아슬하게 돌처럼 매달려 있던 예상이 실제로 쿵, 소리를 내며 심장에 떨어질 때는 아찔했다. 떨리는 숨을 길게 여러 번을 내쉬다가 입으로 엄마가 말한 5년이라는 그 시간을 중얼거려 보았다. 어른의 시간은 어떻게 흐르는 건지 감을 잡을 수가 없었다. 나는 하루라는 시간도 고무줄처럼 늘어나는 것 같아 일주일 뒤의 생일을 기다리는 것도 조바심이 나고 한 달 뒤의 일도 밤하늘의 별을 눈으로 구경만 하는 것처럼 실감 나지 않는데 엄마도 아빠도 연 단위의 약속을 아무렇지 않게 하곤 했다. 게다가 어른이 말하는 5년은 대개 나중에는 6년이 되고 7년이 되다가 10년이 될지도 모르는 종잡을 수 없는 흐릿한 시간이었다.

엄마는 결혼하면 김약연 가문*처럼 멋진 가문을 만들겠다

---

* 김약연(1868~1942)은 1899년부터 북간도 화룡현에 이주하여 조선인 교육과

는 아버지의 말을 믿었다. 하지만 가오가 있고 애국심과 민족 정신이 투철한 데다 끌끌하며 배우신 양반집 출신인 김약연에 비해 우리 가문은 볼꼴 없었다. 아버지는 독이 오른 엄마가 왜 결혼 전 약속을 지키지 않고 축구에 빠졌냐고 따지자 안방의 할아버지가 잠든 줄 알고 눈치 없이 큰소리로 대답했다.

"정신이 올바르게 박힌 사람들은 광복 후 고향으로 돌아 갔거나 문화대혁명 때 목소리를 내다가 투옥되었다오. 먹고 사는 일만 전부인 줄 알았던 무지하고 용기 없는 사람들, 서라 면 서고 앉으라면 앉으며 구메농사에 만족한 채 동족상잔의 전 쟁터에까지 동원된 사람들이 이곳에 남아 희망이 없는 소수민 족이 된 거요. 언제나 항상 모든 순간 주체적이었던 적은 없었 지. 이건 유전자라니까, 유전을 내가 어떻게 바꿔."

아버지의 말이 끝나기 무섭게 안방 문이 벌컥 열리더니 러닝셔츠 차림의 할아버지가 뛰쳐나와 아버지의 오른쪽 뺨을 찰지게 때렸다. 입에서 씹고 있던 오이 조각들이 튀어나온 아 버지는 깜짝 놀라 얼굴이 벌게졌고 엄마는 비명을 질렀다. 나 는 그때 울지 못하고 연거푸 기침을 했다. 오이에 찍어 먹은 고 추장이 미처 목구멍으로 넘어가지 못하고 귀 쪽으로 흘러갔는

항일 구국 운동에 힘쓴 지도자이다. 조선족들에게는 윤동주 시인의 외숙부로도 유명하다. 본문에서 김약연 가문이라고 지칭한 것은 윤동주 시인을 포함하여 그 시기 조선인들의 민족정신을 고양한 영향력 있는 세대를 일컫는 말이다.

지 귀 안이 얼얼했다. 그날 아버지는 할아버지의 찰진 따귀 세례와 엄마의 걸레 공격을 받고 홧김에 가출을 했고 할아버지는 일주일을 앓아누웠다. 엄마는 할아버지의 병 수발을 들면서 이를 부득부득 갈았다. 아버지는 이혼하고 혼자 살고 있다는 친구 집에 얹혀살다가 보름 만에야 다시 집에 돌아왔다.

나는 그때부터 자주 우물가에 나갔다. 우물 안에 침을 뱉고 싶은 욕구가 이는 날도 있었고 우물 안에 얼굴을 대고 눈물을 쏟아 내고 싶은 날도 있었다. 처음 내 손을 잡고 우물가에 데리고 갔던 사람은 아버지였다. 룡두레 우물은 오롯이 우리의 것, 이라고 이젠 물도 나오지 않는 우물을 마주하고 눈 내린 땅을 딛고 선 채 입김을 피워 올리며 자랑스러워하던 아버지의 얼굴이 알른거렸다. 한족들 것이 아니고 그렇다고 남쪽 사람 북쪽 사람들의 것도 아닌 오롯이 우리의 것들을 아버지는 잘 알았다. 누군가 첫 소절을 떼면 모두가 따라 부를 수 있는 애틋한 노래 〈꽃 피는 봄〉이나 〈춘향가〉는 남북의 것이기도 했지만 김성삼 가수의 〈타향의 봄〉은 오롯이 우리의 노래였으며 뾰즈는 한족들 것이지만 연변 냉면이나 옥시국시, 입쌀밴새는 오롯이 우리의 음식이라고 가르쳐 주었다. 연변 축구팀은 우리 조선족의 분신, 평궈리*도 오롯이 우리의 것. 아버지의 입에서 '우리의 것'이라는 말이 흘러나올 때마다 나도 따라서 입술을 달싹거려 보았다. 내 것이 주는 만족감과 뿌듯함은 알아도 '우리의 것'이 주는 긍지와 연대감은 몰랐던 시절이었다. 할아버지는 아버지를 개차반이라 욕하고 엄마도 '개' 자로 시작되는 온갖 욕은 다 퍼부었지만 나는 '우리의 것'이라는 아름다운 말을 알려 준 아버지가 가장으로서 집을 돌보는 일보다 연변 축구팀에 더 열광해도 욕을 할 수가 없었다.

4.

있는 돈 없는 돈을 다 끌어다 브로커에게 준 날 이후로 엄마는 두 달 넘게 노루잠을 잤다. 사기를 당하고 남쪽에 가지 못한 채 빚에 시달려 울고불고하는 사람들 소식도 들었던 터라 엄마는 매일 전화기를 붙들고 살았다. 처음에는 나와 할아버지가 듣지 못하도록 작은 소리로 속닥속닥 말하던 목소리가 점점 커져서 엄마가 가짜 결혼 수속으로 남쪽에 넘어가려 한다는

---

* 평궈리는 1921년 중국 길림성 용정에서 사과나무를 돌배나무에 접목시켜 만든 일명 사과배다. 사과의 새콤함과 배의 시원함이 특징인 연변 지역의 특산품이다.

걸 자연스럽게 알게 되었다.

"말 그대로 가짜야, 가짜. 진짜 남쪽 남자랑 결혼하는 게
아니란다."

결혼에도 가짜가 있다는 건 또 금시초문이었기에 듣자마
자 깊은 한숨이 나왔다.

"엄마, 남쪽 남자는 진짜 결혼으로 알쟀다?"

엄마는 호호호, 하고 웃었다.

"진짜가 어딨어. 원래 남자 여자는 결혼 전에 서로 숨기는
게 많아. 따지면 다 가짜지."

참다못한 할아버지가 안방에서 노한 목소리를 내며 책을
책상에 둔탁한 소리가 나도록 내리쳤다.

"에미가 애한테 이리 수준 떨어지는 걸 가르쳐서야! 갈 거
면 빨리 가게. 순화는 내가 잘 가르칠 터이니."

엄마는 입을 다물었다. 금방까지 해맑게 웃던 엄마의 눈
에 눈물이 그렁그렁 맺혀서 나는 고운 엄마의 얼굴을 오래 쳐
다볼 수가 없었다.

"친구 부모님 중에 금실 좋게 잘 지내는 사람들도 있지?"

나는 잠깐 생각을 해 보고 머리를 끄덕였다.

"엄마가 남쪽에 가고 나면 그 친구 집에 자주 놀러 가렴.
할아버지 말대로 결혼이 진짜인 사람들도 많으니까."

엄마의 무명지 손가락에 선명한 반지 자국이 눈에 띄었

다. 잠 못 드는 날 엄마는 내 머리를 쓰다듬으며 솜사탕보다 더 몽글몽글한 목소리로 내게 엄마가 꿈꾸는 미래를 설명해 주었다. "엄마는 한성에 갈 거야. 거긴 남쪽의 수도래. 여기보다 직업도 훨씬 더 다양하고 사상도 다양하고 볼거리도 그렇게 많다더라. 엄마는 나훈아 음악회도 갈 거야. 돈은 우리 딸 여기서 편하게 생활할 수 있을 만큼을 매달 보내고도 저축을 할 수 있을 거야. 5년 동안 모으면 우리 딸도 남쪽에 와서 학교에 다니고 배우고 싶은 것도 마음껏 배울 수 있을 거야. 실력 있고 똑똑한 사람이 되면 네가 조선족인지 아닌지 따위는 중요하지 않게 되지 않을까."

나는 엄마 말을 들으며 안개처럼 아득한 곳에 부옇게 부유하는 미래를 애써 그려 보다가 잠들었다. 잠결에 눈물이 주르르 흐르기도 했는데 그때마다 따뜻한 손이 내 등을 어루만지며 눈물을 닦아 주었다.

밤새 함박눈이 소복이 쌓인 이른 아침에 온돌이 뜨끈뜨끈하도록 아궁이에 불을 피운 엄마는 간밤에 술을 마신 할아버지와 아버지가 잠에서 깨기 전 몰래 준비해 둔 트렁크를 끌고 빨간 하이힐에 긴 치마를 입고 집 문을 나섰다. 슬리퍼를 끌고 따라 나와 콧물을 훌쩍이는 나를 꽉 껴안은 엄마의 품이 차가웠다.

"작은할머니 말씀 잘 들어야 한다."

돌아선 엄마는 다시 뒤를 돌아보지 않았다. 아직 녹지 않는 눈을 헤치고 엄마는 안간힘을 다해 트렁크를 끌었다. 엄마의 하이힐 자국과 트렁크 바퀴 자국이 찍힌 길에 서서 나는 연신 재채기를 했다. 몸이 오슬오슬 떨리는 게 감기가 든 것 같았다. 엄마는 멀어지는 동안 오른손을 얼굴에서 떼지 않았다. 몇 번이고 하이힐이 삐끗하며 엄마는 휘청거렸다.

5.

그해는 2000년, 연변 축구팀의 핵심 선수들은 자금 부족으로 절강녹성팀에 팔려 가고 아이들이 좋아하던 젝스키스는 해체했다. 엄마는 남쪽으로 떠났고 나는 6학년 초등학생이 되었다. 아이들은 벌써 중학생이라도 된 듯 들뜨기 시작했다. 룽두레 우물에 놀러 가는 일도 부쩍 줄었다. 중학생들이 가끔 룽두레 우물 바로 옆에 있는 공원을 지나며 결코 발길을 멈추지 않았던 것처럼 우리도 그리될 터였다. 중학생에겐 중학생 눈높이의 또 다른 세상이 펼쳐지게 되어 있었다.

졸업 전에 우리가 재빨리 잊어가던 룽두레 우물에서 큰 이슈가 생겼다. 한족 아이 셋이 우물가에서 놀다가 우물 옆에 침을 뱉었는데 그걸 본 우리 학년의 남자아이들이 참지 못하고 중국어로 욕을 했다. 한족 아이들은 목 안에 가래가 있어서 뱉은 것뿐인데 뭘 그리 시비냐고 대들었고 조선족 아이들도 참지 않았다. 아무리 목 안에 가래가 있다고 한들 너희 조부모 무덤에는 침을 뱉지 않을 거면서 조선족들의 성지에 와서 아무렇지 않게 침 뱉는 건 뭐냐고 따졌더니 한족 아이들이 지지 않고 비아냥거렸다고 한다. 아무리 노력해도 이 나라 주석도, 총리도 못 되는 것들이 자존심만 무지 세다고. 그 말이 아이들의 이성의 끈을 놓게 한 모양이었다. 한족 아이 셋을 얼굴이 퉁퉁 붓도록 때려서 구급차에 실려 갔다는데 이 일로 한족 학교 아이들이 항의하며 몽둥이를 들고 우리 학교로 쳐들어오겠다고 하는 것을 교직원들이 겨우 말렸다고 한다. 국가에서 만족 단결과 화합을 얼마나 강조하는지 알면서 어찌 이런 불미스러운 일이 일어났냐며 정치 선생님은 수업 시간 동안 교과서는 덮어 두고 분개하며 사상 교육을 했다.

"나라 주석이 되어야만 성공한 인생입니까? 중국 인구의 대다수가 한족이니 한족이 나라 주석이 되고 총리가 되는 건 당연한 것입니다. 대신 우리는 인민대표대회에 참석하는 조선족 대표가 있지 않습니까? 소수 민족으로서 우리가 얼마나 큰 특혜와 관심을 받고 있는지 다들 알지 않습니까? 요즘 학부모님들이 남쪽에도 많이 가고 소련에도 돈 벌러 가니 영향을 받아 정신이 해이해지는 것 같은데 남쪽이든 소련이든 그곳에서 우리 부모님들은 노동력이라 괄시를 많이 받지요. 우리는 어릴 때부터 중국어, 영어, 우리말을 배울 수 있지 않습니까? 이를 악물고 3개 국어를 잘 배워서 실력을 키웁시다. 실력이 있으면 아무도 무시를 못 합니다."

정치 선생님의 가르침은 엄마와 어딘가 닮은 구석이 있었다. 있는 힘껏 앞으로 길을 헤쳐 나가기를 바라며 손가락으로 보이지 않는 희미한 미래를 가리키며 어서 전진하라고 힘껏 호각을 부는 데 그때마다 나는 물러앉고 싶었다.

아이들은 선생님의 사상 교육을 듣고 오랜만에 학교 수업이 끝난 후 우물가에 나왔다. 꼭 그래야만 할 것 같아서였다. 그때는 이제 막 봄이라 아직 추위가 완전히 가셔지지 않았을 때였다. 우물 입구를 둘러싼 돌멩이에 손을 대 보니 차가웠다.

왕두는 여전히 그곳에서 뽀즈를 팔고 있었다. 예전에는 그저 돈 욕심이 있는 아이라고만 생각했는데 나보다 한두 살 어린 왕두가 수업만 끝나면 룽두레 우물이 있는 공원 주위를 돌며 몇 년째 뽀즈를 팔고 있다는 성실함에 놀라웠다. 왕두는 축 처진 아이들의 눈치를 흘깃흘깃 보더니 반가움에 뭐라도 말을 걸어 보려고 입을 실룩거렸지만 뽀즈를 사 먹으라며 예전처럼 다가오지는 않았다.

아이들은 그날따라 시어머니에게 혼나고 개 배때기를 차는 심정으로 왕두가 괜히 아니꼬웠던지 "어이, 왕두! 일루와!" 하고 왕두를 불렀다. 왕두는 저번에 봤을 때보다 더 살이 쪘는지 뽀즈처럼 빵빵한 볼살까지 흔들며 만두 상자를 메고 뛰어왔다.

"너희 한족은 겉치레로는 같은 중화 민족이라고 하면서 실은 조선족이 우습지?"

왕두는 이게 웬 말이냐 싶은 듯 화들짝 놀라며 손을 홰홰 저었다.

"그럼 너도 나라 주석이 될 수 있어? 중앙 간부도 될 수 있고?"

아이들은 왕두가 어떻게 대답할지 궁금했는지 일제히 시선이 왕두에게 꽂혔다. 왕두는 얼굴까지 빨개져서 당장 울 것 같았다. 허나 이내 냉정을 되찾더니 처음으로 우리 앞에서 서투른 우리 말이 아닌 중국어로 떨리는 목소리로 또박또박 대답했다.

"난 나라 주석이 될 생각이 없어. 우리 할아버지, 아버지처럼 룡정에서 뽀즈를 제일 잘 만드는 빵쟁이가 되고 싶단 말이야."

"왜? 주석을 시켜 줘도?"

"아버지가 하는 말이 사람은 다 각자 타고난 팔자가 있는 거래. 나라 주석을 하는 사람은 어릴 때부터 아버지가 고위 간부여서 정치를 보고 자란대. 대다수 인민은 그냥 백성이란 말이야. 나라 주석이라고 꼭 행복하고 만족스러운 삶을 살고 있다는 법도 없으니 난 뽀즈를 팔아 가업을 잇는 게 내게 딱 맞는 팔자인 것 같아. 이젠 난 스스로 뽀즈를 만들 수 있게 됐어. 오늘은 내가 만든 걸 들고나왔는데 먹어 볼래? 너희 기분이 좋아 보이지 않아서 이 왕두가 뽀즈 하나 값에 두 개를 쏠게. 딱 오늘뿐이야."

왕두가 먼저 바구니의 비닐 포장을 풀어헤치자 한껏 부풀어 오른 뽀얀 뽀즈에서 김이 모락모락 올라오고 있었다.

아이들은 일제히 뽀즈를 내려다보았다. 이내 입에 침이 고이고 허기가 느껴졌다. 서로 눈치를 보다가 하나둘씩 돈을 꺼내 주고 볼이 미어지게 뽀즈를 먹는 아이들이 늘어나기 시작했고 서서히 따뜻하고 느슨한 기운이 아이들 사이에서 감돌았다. 원래 그런 거지, 따뜻한 음식으로 배를 채우면 일순간 마음도 따뜻해지면서 잊지 말아야 할 것까지 잊게 되는 수도 있다고. 아버지가 했던 말이 떠올라 나는 끝내 뽀즈를 사 먹지 않고 자리에서 일어났다.

6.

나는 드디어 중학생이 되어 본격적으로 영어를 배우기 시작했고 중국어 교과서의 지문들이 길어져서 모르는 한자가 수두룩해지기 시작했다. 오랑우탄 같은 동물이 네 발로 서 있다가 서서히 허리를 펴고 직립 보행을 하는 인간의 모습으로 바뀌는 그림을 시작으로 중국 문화의 기본 틀이 잡히는 시기인 상고 시대에서 한대에 이르기까지의 고대 역사를 배우니 벌써 한 학기의 절반이 훌쩍 지나갔고 뒤이어 춘추 전국 시대와 진시황 시대가 이어지며 중국의 역사는 쉴 틈 없이 몰아쳤다. 왕족들은 끊임없이 이웃 나라와 싸우고 땅을 빼앗고 궁궐 안에서도 왕권 쟁탈을 위해 싸웠다. 우물가에서 만난 남쪽 아저씨가 알려 준 그 전쟁을 배우려면 아직 갈 길이 멀고도 험했다. 위 학년 언니 말로는 2학년 두 번째 학기에 그 전쟁에 대해 배우게 되는데 달랑 두세 줄이라나. 피 바람이 몰아치는 한 단락의 정권 교체 이야기가 끝나면 교과서의 맨 끝에는 항상 이런 질문이 있었다. 이 정권이 무너진 경험이 주는 교훈은 무엇인가요? 시험에 반드시 출제되는 중요한 문제였기에 우리는 달달 외웠다. 진나라가 몰락한 이유, 농민 폭동이 일어난 이유, 왕권을 공고히 하고 백성이 평안하기 위해 필요한 중요한 요소

들 등등. 아이들은 수업 시간에 제법 열을 띠며 토론했다. 이미 지나간 과거의 고대 역사에 대해서만큼은 마음껏 발언할 수 있었다.

가끔 중국의 명문대에 입학한 조선족 선배들이 학교에 찾아와 조선족들이 중국에서나 남쪽에서 교량 역할을 할 수 있으니 공부를 잘하라고 신신당부를 하고 갔다. 중국과 한국 거물들이 회의를 할 때 보면 조선족 통역은 없던데 교량 역할이 어떤 건지 나는 이해할 수 없었다. 그래도 우리는 열심히 공부했다. 일단은 열심히 해야 뭐라도 길이 생길 것 같아서였다. 차라리 경매처럼 고등학교를 졸업하자마자 엄마 따라 남쪽에 가서 헤어 디자이너가 되겠다는 꿈이 훨씬 야무지고 선명해 보였다. 이제 학교에서 영어까지 배우게 되면서 경매는 서구권에도 관심을 갖기 시작했다. 지구본을 집에서 몇십 번 돌려 보다 보니 이 세상에는 나라별로 노래를 잘 부르는 잘생긴 오빠들이 넘치고 넘친다는 사실을 알아버린 듯했다. 어디서 구했는지 미국과 유럽의 미남 사진들을 들고 와서는 내게 보여 주며 감탄을 한 적도 있었다. "눈동자 색깔이 다 달라. 신기하지 않니?" 별게 다 신기하네, 하며 들여다보았지만 미남들의 갈색, 파란색 눈동자를 본 순간 눈을 뗄 수 없는 건 나도 마찬가지였다. 그러고 보니 경매는 중학생이 되고 나서 우물가에 놀러 가자는 말을 일절 꺼내지 않았다. 같은 반이 아니어서 예전만큼 자주 보지는 못하지만 수업이 끝나면 우리 반 문 앞에서 기다렸다가 마라탕을 먹고 피시방에 가자고 졸랐다. 이제 경매는 남쪽 나라를 한국이라 불렀다. 교복을 입지 않는 주말엔 한국 옷을 멋스럽게 차려입고 외식을 자주 했다. 경매가 첫 학기 기말고사에서 10위권 안에 들면 엄마가 한국 핸드폰을 사 주기로 했다며 자랑을 했지만 나는 끝까지 우리 엄마 이야기를 꺼내지 못했다.

밤새 밀린 숙제를 하다가도, 거실에 널브러져 있는 빈 술병과 작은방에서 들리는 할아버지와 아버지의 코 고는 소리를 듣다가도 룡두레 우물이 생각났다. 아버지와 엄마는 추운 겨울 한복을 입고 우물가에서 결혼 기념사진을 촬영했다. 요즘 사람들은 촌스럽다고 굳이 결혼사진까지 촬영하지 않는다고 하지만 그땐 그 우물가에서 결혼사진을 찍으면 룡두레 우물의 정기가 당신들을 지켜 줄 것 같았다고 했다. 룡두레 우물은 여전히 그 자리에 있었지만 우리는 그 우물을 뒤로한 채 어른들이 그랬던 것처럼 국경을 넘거나 대도시로 떠나게 될 것이라는 걸 알고 있었다. 그 우물가에서 자란 우리는 그저 보드기 같았다. 우물을 외면하고 앞으로 애써 나아가는 마음들이 썩 달가워 보이지는 않았지만 모두들 포수가 쏜 총에 놀란 노루처럼 뿔뿔이 흩어져 눈에 보이는 대로 무작정 뛰었다. 나는 정처 없이 앞으로만 뛰는 사람이 되고 싶지 않아서 몸을 한껏 웅크렸다. 보이지 않는 우물의 밑바닥에 닿아 보고 싶었다. 그 밑바닥에 쪼그리고 앉아 눈을 감고 숨을 고르다 보면 어쩌면, 진짜로 룡이 되어 힘차게 날아오를 수 있을 것 같았다.

뒷이야기

편집자 L

작가님 안녕하세요? 호밀밭 소설선 시리즈 9번째 작품집 『야버즈』 출간을 축하드립니다. 제가 작가님과 처음 연락을 주고받았던 게 2022년 3월인데요. 1년 동안 정말 열심히 고민하고 고쳐 쓰신 덕분에 이렇게 새봄에 무사히 책이 나오게 되어 저 또한 무척 기쁩니다. 한국에서 등단하신 것은 아니고 중국에서 활동해 오신 것으로 알고 있습니다. 작가님에 대해서 잘 모르는 독자들을 위해 자기소개를 해 주세요.

소설가 J

안녕하세요! 저는 10년 전 우리말로 쓴 제 소설을 읽어 줄 독자를 만날 꿈을 안고 한국에 온 중국 동포 작가 전춘화입니다. 20대 중반까지는 중국 연변에 살면서 한글로 소설을 썼었는데요. 연변에는 우리말 소설을 읽는 독자층이 별로 없는 상태였어요. 글쓰기를 접을까 말까 고민하다가 한국 독자들이 생각나서 대학을 졸업하자마자 한국에 유학을 와서 중앙대학교 대학원 문예창작학과에서 소설 공부를 하게 되었지요.

현재는 간간이 중국에 있는 우리말 격월간지에 소설을 발표하고 있고요. 작년 3월 출판사 호밀밭과 행운처럼 만나 소설집을 준비하게 되었답니다.

편집자 L

처음 작가님 작품을 접하게 된 게 여러 조선족 작가분들의 소설을 검토하면서였습니다. 조선족인 인물들이 한국에 와서 겪게 되는 곤란함과 거기에서 비롯되는 비애 등을 다소 감상적으로 쓴 작품들이 대다수였지요. 그러던 중에 작가님 소설을 읽고 느꼈던 신선한 충격이 아직도 생생하게 기억납니다. 앞의 작품들과 달리 자신이 처한 상황에 대해 신랄한, 그러면서도 간간이 유머가 묻어나는 인물들의 모습은 대중매체 등에서 전형적으로 그려지는 조선족 표상과는 분명 차이가 있는데요. 이러한 캐릭터를 만들어 내신 데에 특별한 동기가 있을까요?

제 소설을 읽고 충격을 느꼈다는 건 이 인터뷰지를 확인하며 처음 알게 되었네요. (웃음) 제가 처음 한국행을 결심하게 되었을 때 사실은 염려스러웠어요. 그때도 인터넷으로 매일 한국 기사들과 댓글들을 읽었었는데 조선족에 대해서는 대부분 부정적인 뉘앙스의 글들이 많았거든요. 한국에서 일하고 계시거나 한국에 다녀온 지인분들 중에도 한국인에 대해 부정적인 뉘앙스로 말씀하시는 분들이 꽤 있었지요.

한편으로는 조선족이라는 이유로 환영받지 못하는 한국에 가면 과연 한국 독자들이 제 글을 읽어 줄까 하는 두려움이 있었던 것 같고요. 또 한편으로는 대체 왜 같은 핏줄인데 서로 싫어할까, 거기엔 얼마나 복잡한 이유들이 얽혀 있는 것인지 마음 아프면서도 궁금했어요. 그래서였을까요? 한국에서의 첫 3년 동안 대학원에 다니면서 저는 외향적인 성격임에도 저를 잘 드러내지 않고 조용히 다녔어요. 저의 어떤 행동이나 사고방식이 한국인들을 불편하게 할 수도 있다는 생각을 계속했었으니까요. 그러면서 제 생활권 안에서 만나는 한국인들을 계속 관찰하고 같은 중국 동포들도 가만히 지켜보았죠. 일단 중국 동포는 이미 높은 수준의 발전을 이룬 한국에 생존을 위해 뒤늦게 편입되었기 때문에 평등한 관계는 아니더라고요. 한국인들이 스스로 경제를 일구고 역사를 만들어 가면서 암묵적으로 공유하는 가치관이나 교감 방식을 이제 갓 편입된 중국 동포들이 예리하게 읽어 내고 공감하기엔 무리였던 것 같아요. 게다가 그때의 중국 동포 대다수는 3D 산업에 종사하거나 한국인 가정에서 돌봄 노동을 했는데, 한국 사회에 잘 스며들려고 하기보다는 경제적 풍요를 이루어 귀향하려는 목적의식이 너무나 강했기 때문에 (요즘은 또 그렇지만은 않지만요) 소통에 적극적이지도 않았던 것 같고요.

이런 지점들을 발견하면서 처음에 한국인 독자들에게 읽히는 소설을 쓰고 싶다는 제 마음이 한국에 거주하는 같은 동포들을 위한 소설을 우선 써 봐야겠다는 쪽으로 방향이 바뀌더라고요. 뭐랄까요, 한국에 와서 본 제 부모님 세대의 동포분들을 고향에서 봤을 때보다 훨씬 더 마음 아프고 애틋했어요. 악플이 왜 달리는지를 이해 못 한 건 아니지만 저는 입장이 다르잖아요. 남 일 같지 않으니까 제 소설 속에 한국에 거주하는 중국 동포들의 모습과 처한 현실을 최대한 생생하게 그려 내면서 악플 한두 마디로 단정 지을 수 없는 저들의 마음에 한 뼘이라도 더 다가가고 싶었어요. 그 마음들을 모아 쓴 글이 편집자님 시선으로 봤을 때 대중매체 등에서 전형적으로 그려지는 조선족 표상과 차이가 있었던 게 아닐까 싶어요.

편집자 L

소설 속 인물들은 마라탕이나 양꼬치처럼 한국에 익히 알려진 음식이 아닌 야버즈나 쏸라편을 즐겨 먹는 인물로 그려집니다. 이때 야버즈는 "차이나타운에 머무를 수밖에" 없는 운명이자, 한국인의 입맛에 맞게 순화되기 어려운 음식이죠. 쉽사리 동화되지 못하고 괴리감을 느끼는 인물들의 사정은 "야, 하다 못해 마라탕과 양꼬치도 한국에서 정착을 했는데 우린 이게 뭐니."라는 목소리를 통해 단적으로 표현됩니다.

이처럼 소설집 전반에 걸쳐서 (국경이라는) 경계를 넘어왔으나 여전히 (사회적·문화적) 경계에 서 있는 사람들의 이야기가 담겨 있는데요. 흥미로웠던 점은 그런 상황 속에서도 비관이나 체념 같은 부정적인 감정보다는, 유머와 같은 긍정적인 기운이 존재한다는 점이었습니다. 물론 그것은 현실에 대한 낙관에서 발생하는 것이 아니라 지금의 현실을 살아가기 위한 의지에서 발생하지요. 또한 완전히 동화되는 것을 택하지 않고 자신의 정체성에 대해 고민하는 인물들의 고민과 소신 또한 이 소설집의 남다른 부분 중 하나였습니다.

비단 조선족뿐만 아니라 재일 조선인이나 고려인, 재미 교포 등 모국과 고향의 불일치를 겪거나 태어난 국가로부터 이주해 다른 곳에서 살아가는 이들—디아스포라라고도 불리는—의 이야기가 최근 들어 점점 왕성하게 나오고 있습니다. 이동

성이 극대화되기도 했고, '국가'라든지 '민족'이라는 개념 또한 이전 시기에 비해 약화되면서 그 경계에 놓인 자들의 이야기가 주목받고 있지만, 실제로 디아스포라로 살아간다는 것은 여간 어려운 일이 아닐 거라고 생각됩니다. 작가님께서 창조한 소설 속 인물들이 겪는 고충과 고민은 실제 작가님이 경험했던 현실과도 분명 연관이 있겠지요.

소설가 J

제 소설은 오토픽션의 형태를 주로 띠고 있는데요. 제가 직접 겪은 일도 있고 제 주위 지인들의 고민하는 목소리도 담겨 있지요. 직접 경험한 건 좀 더 과감하게 사실적으로 쓰게 되지만 지인의 일화일 경우에는 그 지인이 연상되지 않도록 더 품을 들여 많은 픽션을 사용했던 것 같아요.

기존에 중국 교포 선배 작가님들이 디아스포라의 관점으로 중국 동포들의 삶을 많이 다룬 걸로 알고 있어요. 중국에서 조선족이라 불리는 중국 동포들은 그때나 지금이나 여전히 이주를 하고 있잖아요. 이게 작가에 따라 보는 관점이 다를 텐데 저는 이 이주가 우리가 원했던 방식이 아니라는 것에 주목했어요. 약자의 역사인 거죠. 그래서 저는 조선족 디아스포라의 삶은 유목민들처럼 뭔가 인생철학이 있었던 것도 아니고 로맨틱할 것도 없이 그저 눈에 보이는 그대로의 현실이고 치열한 생존 문제였다고 봐요.

디아스포라는 두 문화권을 넘나들며 시야도 더 넓어지고 양쪽 입장을 다 이해할 수 있다는, 뭔가 로맨틱한 관점으로 풀이되기도 하지만 중국 동포들의 이주의 첫 시작을 돌이켜 보면 기꺼이 원해서 시작한 이주는 아니었거든요. 대부분의 평범한 사람들이 배고픔에 거의 반강제적으로 이주를 했었고, 우린 지금 이주해 왔던 그곳으로 다시 돌아오기도 하지만 그건 귀향이 아니라 여전히 '이주'라고 불리죠. 안정적으로 뿌리 박을 곳을 아직까지 확보하지 못하거나 삶이 여전히 불안해서 아랫세대인 저희도 의지와 무관하게 또 이주를 하고 있는 거잖아요. 정착이나 완전한 동화를 꿈꾸면서도 어쩐지 그게 말처럼 쉽지 않은 저 같은 중국 동포 젊은 세대들이 한국 땅에서 어떻게든 '야버즈의 삶'을 살아내 보려고 애쓰는 모습을 그려 내고 싶었어요. 저의 이번 소설집이 디아스포라의 범주에 들어가더라도 디아스포라라는 거대한 것이 평범하고 작은 존재인 개인의 배경 정도로만 등장했으면 좋겠거든요. 역사든 사회든 그 어떤 거대한 것도 작은 개인의 삶을 흔들 수는 있지만 결코 압도할 수는 없는 거니깐요.

편집자 L
「야버즈」에 "역사에 기록되지 않는 작은 물줄기"라는 말이 나오는데요. 거대한 역사에는 기록되지 않았을 이들의 이야기를 기록한 것이 작가님의 이번 소설집이 아닐까 싶습니다.

보통 소설집에 실을 작품 순서를 정할 때 고민을 많이 하는데, 『야버즈』 편집 때는 단번에 그 순서가 떠올랐답니다. 소설집을 다 읽고 나서 이 「뒷이야기」를 보고 계신 독자분들 중에 눈썰미가 좋으신 분들은 작품 순서를 왜 이렇게 구성했는지 그 이유를 알아차리셨을 것 같은데요. 현재 한국에서 살아가는 중국 동포의 삶을 보여 주는 작품(「야버즈」)으로 문을 열어서, 그 삶의 다양한 양태를 담은 작품들(「낮과 밤」, 「블링블링 오 여사」)을 중간에 배치하였습니다. 그리고 그들의 전사(前史), 그러니까 한국으로 오기 전의 삶을 이야기하는 작품들(「잠자리 잡이」, 「우물가의 아이들」)로 작품집의 문을 닫는 구성이지요. 우리가 표면적으로 아는 단순화된 조선족의 표상을 넘어서, 개별적이면서도 고유한 그들 각각의 이야기들을 들여다보고, 더 나아가 그들이 지나온 시간을 좀 더 섬세하게 헤아려 볼 수 있기를 바라는 마음에서 현재에서 과거로 회귀하는 순서로 작품을 실었습니다.

첫 작품인 「야버즈」와 마지막 작품인 「우물가의 아이들」은 현재와 과거의 연결을 극명하게 보여 주는 작품이라고 생각됩니다. 「우물가의 아이들」에서 주인공은 조선족이 땅을 경작하고 마을을 꾸리는 데 중요한 원천이었다는 '룽두레 우물'을 보며

'룡'이 되어 날아오르기를 꿈꾸지요. 「야버즈」에서 경희는 시어머니인 박 씨에게서 남편 용주의 태몽에 대해서 듣게 됩니다. 박씨는 용이 뱉어 낸 구슬을 치마폭에 감싸 안는 꿈을 꾸고 '용구슬'이라는 뜻으로 용주라는 이름을 지었다고 말합니다. 이를 듣고 경희는 용이 아니라 용 구슬이라서 자기나 시어머니의 보호를 받으며 남편이 이상적인 꿈을 꾸며 살 수 있는 것은 아닌가 생각합니다. 인물의 이러한 태도는 앞서 말씀드렸듯이 녹록지 않은 현실임에도 무겁게 가라앉지 않고 피식 웃음이 나게 만드는 부분이지요. 이렇듯 현재뿐만 아니라 과거의 기억과 관련되는 이야기들을 창작하는 이유를 작가님께 직접 들어보고 싶습니다. 여담이지만 작가님 역시 '용'이 되고 싶으셨던 적이 있는지도 궁금하고요. (웃음)

소설가 J

저도 편집자님께서 소설집의 순서를 제안하셨을 때 참 좋다는 생각을 했었거든요. (웃음) 영화에서도 마냥 낯설지만은 않은 주인공이 등장해서 과거로 리턴하는 장면들이 꽤 자주 등장하잖아요. 드라마틱한 순서 배열이라고 생각되더라고요.

과거 이야기를 쓰면서 저도 처음엔 "내가 왜 자꾸 과거 이야기를 쓰지?" 하며 머리를 갸우뚱했었거든요. 제 나름 얻은 답은 그래요. 과거를 붙잡고 놓지 않는 건 과거에 대한 미련이나 후

회가 남았거나 아니면 과거가 지금보다 훨씬 좋아서 과거의 영광에서 힘을 얻고 싶거나. 저 같은 경우는 전자였던 것 같아요. 과거에 제가 자라 오면서 부딪친 이해할 수 없는 상황과 부조리, 정체성에 대해 주위 어른으로부터 제 속이 시원해질 만큼의 대답을 듣지 못해 제대로 인지하고 해석한 것 같지가 않은 거예요. 어른들은 나름 최선을 다해 대답해 주셨지만 그래도 "어? 이게 아닌 것 같은데?"라고 느끼는 순간들이 있었단 말이죠. 이를테면 「우물가의 아이들」에 등장하는 한족 아이의 대사처럼 저는 실제로 "조선족은 나라 주석이 왜 될 수가 없나요?"라고 아버지에게 물었다가 혼난 적이 있거든요. 세상에 하고 많은 직업 중에 고생스럽게 나라 주석이 웬 말이냐, 라고 하셨는데 (웃음) 전 그때 그다지 어리지 않았기에 뼈 아픈 현실을 그대로 알려 줬어도 괜찮지 않았을까 싶어요. 나라 주석이 되고 싶다는 건 극단적인 예일 수도 있지만 어쨌든 어릴 때부터 한 국가의 정치나 경제, 각 분야에 주류가 될 수 없다는 걸 당연하게 받아들이고 살아야 한다는 게 쉽게 받아들여지지는 않더라고요.

제가 솔직하게 쓰는 이 과거의 이야기를 어쩌면 저 같은 중국 교포 또래들이 공감하며 읽어 주지 않을까 싶었어요. 바닥에 아무렇게나 널브러진 빨랫감들을 깨끗이 빨아 잘 정리하듯이 제가 겪은 과거를 잘 이해하고 해석을 해서 차곡차곡 기억 서랍에 넣어 둬야 제가 더 솔직하고 단단하게 오늘을 살 수 있을 것 같더라고요. 과거 일이라도 대충 흘려보내지 않고 뭔가 잘못됐다, 아니다 싶으면 불편하더라도 꺼내서 마주하고 해석하고 싶었어요. 그 마음이 과거의 기억과 관련된 이야기를 쓰게하지 않았을까 싶어요.

저도 '용'이 되고 싶었냐고요? 네. 항상요. (웃음) 티브이를 켜고 나라 뉴스가 나올 때, 혹은 중국에서 인기 있는 드라마를 볼 때 습관적으로 아버지에게 묻던 질문이 "저기에 조선족은 나옵다?"였지요. 티브이에는 주로 성공하고 유명한 사람들이 나오니까 어린 마음에 티브이 속 조선족이 나올 확률로 '용'이 될 제 확률을 점치고 싶었나 봐요. 웃기기도 하지만 조금은 슬픈 이야기기도 해요. 물론 소설 속에 등장한 "용이 되고 싶다"가 단지 세속적인 성공이나 명예를 의미한 것이 아니듯이 저는 지금도 다른 의미의 '용'이 되길 꿈꾸어요. 가장 나답고 독보적인 자아가 되는 것? 이젠 개천에서 용이 나오긴 틀렸다는 세상에서 제가 또 제 나름의 작은 희망을 애써 건져 내고 있는 건가봐요.

편집자 L

용이 되고 싶었던 아이들은 자라서 연변, 연길, 길림 등을 떠나고, 그중에는 한국으로 온 이들도 있겠지요. 훌쩍 커버린 그들

앞에는 고달픈 하루하루가 이어지고, 이제 그 속에는 '소확행'으로 표현되는 소박한 꿈들이 채워집니다. 그러나 또 누군가는 여전히 어린 시절의 꿈을 가슴에 품은 채 제 길을 묵묵히 걸어가기도 합니다.

때로 우리는 어떤 이의 현재 모습만을 보고 쉽게 추측하고 판단하고 비난하는데요. 그이의 삶의 궤적을 듣고 나서야 고개를 주억거리며 반성하는 경험을 하게 될 때도 있지요. 개인적으로 『야버즈』를 읽으면서도 그런 느낌을 받았답니다. 삶이라는 게 천하고 귀한 것, 속되고 성스러운 것으로 똑떨어져 나뉠 수 없는 것이며, 표면적으로는 상반되게 보이는 이 가치들이 오히려 맞물리는 때도 있음을 다시 한번 깨닫기도 했고요. 「블링블링 오 여사」나 「잠자리 잡이」를 읽으며 특히나 그랬는데요. 물질적인 것에 대한 욕망을 거침없이 솔직하게 이야기하는, 소위 말하는 '속물'에 가까운 캐릭터들이 나오지만, 그들이 밉거나 싫게 그려지기보다는 충분히 이해할 만한 인물로 그려집니다. 이런 점에서 미루어 보건대 작가님께서는 어떤 인물을 부각하거나 정당성을 부여하기 위해, 다른 인물을 편협하게 그려내지 않으려 고민하신다고 느껴지는데요. 인물을 만들어 내고 소설 속에 각자의 자리를 부여할 때 중요하게 생각하는 점이 무엇인지 듣고 싶습니다. 이번 소설집을 준비하시면서 유독 애정을 가지고 만들어 낸 인물이 있다면 누구인지도 알려 주세요.

저는 지금 두 아이를 키우고 있는데요. 아이들을 보면서 그런 생각도 해 봤어요. 나는 이 아이들이 나중에 커서 망나니가 되어도 사랑할 수밖에 없겠구나, 라고요. 제 배에서 나왔다는 이유도 있겠지만 아이들이 어릴 때부터 성인까지 자라는 모든 모습을 저는 보게 되는 거잖아요. 물론 망나니로 키우지 않기 위해 오늘도 불철주야 정성으로 육아 중이지만 제 눈앞에 캐릭터를 두고 육아하는 엄마의 마음으로 최대한 다양한 모습들을 입체적으로 생각해 보려고 해요. 이 캐릭터를 이 자리에 놓기 전에 어떤 사람인지에 대한 이해도가 선행되는 게 중요하다고 생각해요. 어떤 배경에서 어떻게 자랐고 어떤 성향의 캐릭터인지 먼저 메모해 놓고 시작을 해요. 그 캐릭터에 계속 호흡을 불어넣는 거죠. 내 아이들을 대하듯 이 캐릭터의 편이 되어 주고 싶고 감정 몰입이 될 때까지요. 그다음 글을 쓰면 어떤 상황에 갖다 놓아도 이 사람이 할 법한 말과 태도, 행동을 결정하는 데 도움이 되었던 것 같아요. 물론 전 아직 글쓰기 경력이 짧은 작가라 머릿속에 그려진 웅장한 이론과 실천은 이렇습니다만(웃음), 제 소설들을 돌이켜 생각해 보니 이론만큼 잘 그려 내지 못해 미안한 캐릭터들이 많네요.

소설마다 애정을 가지고 캐릭터를 구축하긴 했지만 그래도 딱 하나만 꼽으라면 「우물가의 아이들」 속 화자인 '나'를 꼽고 싶어요. 소설에 등장한 상황과 인물들은 픽션이지만 그 아이가 느꼈던 감정과 세상을 바라보는 눈은 어릴 적 제 모습이었거든요. 위에서 언급한 대로 캐릭터에 애착이나 감정이 생기려고 노력할 필요도 없었어요.

편집자 L

이번에 『야버즈』를 만드는 과정에서 작가님께서 보낸 모든 작품을 싣지는 않았는데요. 대체로 작가님께서 조금 더 고쳐 보고 싶어서 제외한 작품들로, 연변에서는 발표하기 조심스러워 그것을 의식하며 쓰다 보니 작가님이 원래 하고 싶던 이야기를 제대로 펼치지 못한 작품이라고 하셨지요. 이는 이번 작품집에 실린 「우물가의 아이들」이 귀한 이유이기도 한데요. 이 소설 또한 연변에서는 발표할 수 없는 작품이지만 작가님의 애정과 용기로 『야버즈』에 실을 수 있었기 때문입니다.

제가 정확하게 중국 문학계에서의 사정을 다 알지는 못하지만, 이번에 싣지 않은 작품들 내용으로 짐작해 볼 때 한국 전쟁과 관련해 이야기하는 부분이 문제가 되는 것이 아닐까 싶습니다. 한국에서는 한국 전쟁이라고 부르는 이 전쟁을 중국의 입장에서는 '항미원조'라고 명명하며, 동일한 사건에 대한 기억-해석의 엇갈림으로 갈등이 야기되고 있지요. 경계에 위치해 있는 사람들에게 이러한 갈등은 더욱 크게 현실을 위협하는 요소로 다가오리라 생각됩니다. 그 속에서 자신의 소신대로 의견을 개진한다는 것은 쉬운 일이 아닐 테고요. 검열과 같은 제약에도 불구하고 작가님께서 계속해서 이 문제와 관련한 작품들을 쓰는 이유는 무엇일까요?

소설가 J

제 어릴 적 기억과 연관이 있는데요. 중학교 3학년 때, 아버지가 암으로 투병하다 돌아가셨어요. 돌아가시기 한 달 전에, 병실에서 저에게 비장한 어투로 문득 이런 말씀을 하시더라고요. "남북은 아버지의 고국이야. 그리고 이건 비밀이야." 저는 그때 참 많이 당황했던 기억이 나요. 비밀일 것까지야. 아버지는 매달 월급날이면 저를 자전거에 태우고 시내에 있는 서점에 데리고 가 우리말 도서를 두 권씩 사 주셨거든요. 우리말을 잘 배우라고 하시면서 민족 교육을 중시하셨구요. 은연중에 아버지는 살아계실 때 어쩌면 남북이 통일될 거란 기대를 하셨던 것 같아요. 남북은 한 번도 가 본 적 없지만 할아버지에게 이야기로 듣기만 해서 어쩌면 더 애틋한 곳이었는지도 몰라요. 라디오를 틀 때 중국어 방송을 듣다가 결국은 주파수를 어떻게든 돌려서 북한 억양의 방송도 듣고 남쪽 트로트도 들으셨으니깐요. 아버지가 하는 일련의 행동들은 이미 암묵적으로 저에게 충분히 전달되었는데 갑자기 용기 내어 비밀이라뇨. (웃음)

제가 조금 더 커서 아버지의 그 말을 다시 생각해 보니 공산당원이셨고 공무원이셨던 아버지 입장에서 남북을 고국이라 인정하는 것은 조국에게 미안한 일이라고 느꼈던 게 아닐까 싶어요. 제 성향으로는 이해할 수 없지만 57년생 아버지는 10살쯤부터 20대가 되어 가는 동안 내내 문화대혁명을 겪으셨으니 훨씬 더 조심스러움이 많았을 것 같더라고요. 그에 비해 어릴 때부터 아버지 덕분에 외국 문학이나 한국 문학 도서들을 가리지 않고 읽어 온 저로서는 세상에 대해 조심스러운 태도보다는 호기심과 궁금증이 훨씬 더 컸을 테고요.

저도 겁은 많아서 저의 개인적인 견해를 담은 글들을 발표함으로써 불이익을 당하지는 않을지, 혹시 저의 개인적인 생각이 조선족 젊은 세대 다수의 생각으로 오인되어 괜한 미움을 사지는 않을지 염려할 때가 있어요. 하지만 끝내 용기를 내고 만 건 제 아버지가 생각나서예요. 제가 아버지의 고백을 듣고 이게 무슨 비밀인가 싶었던 것처럼 어쩌면 몇십 년 뒤, 빠르면 십 년 안에 제가 조심스럽게 쓴 책 속 고백들을 더 젊은 친구들이 보고 "이 정도가 검열에 걸린다고?" 하면서 의아해할 수도 있는 거잖아요. 저는 침묵할 수 없는 성향이고 그런 저의 목소리를 이 소설집은 박제하겠죠.

편집자 L

라디오 주파수를 돌리며 남북한 방송을 찾아 들으셨을 아버님의 모습을 상상해 보았습니다. 더불어 중국어, 남한어, 북한어… 여러 언어가 공존하며 흘러나오는 라디오를 상상했지요. 작가님 소설집을 편집하며 한국에서는 잘 쓰지 않는 표현이나 어휘 등을 알 수 있어서 무척 좋았는데요. 이러한 작가님만의 언어가 아버지께서 듣던 저 라디오에서부터 시작되어 켜켜이 쌓여 온 게 아닐까 하는 생각이 들었습니다.

높이 붕 떠 있는 관념이나 철학에 기대지 않고, 내가 살아가는 낮은 현실을 올곧게 응시할 때만 비로소 보이는 것들이 있지요. 「낮과 밤」에서 두 할머니의 허벅지 사이에 끼여서 잠이 들던 '나'가 느꼈던 다정한 온기 같은 것들이요. 작가님의 소설들을 읽는 내내, 적당히 속되고 이기적이며 모순된 행동을 버젓이 하기도 하지만, 그렇다고 완전히 형편없는 것은 아닌, 아주 가끔 멋진 모습을 보이기도 하는 평범한 사람들의 일상이 손에 잡힐 듯 구체적으로 느껴져서 여러 번 감동했답니다.

그런 의미에서 아주 소박하고 평범하지만, 무척이나 중요한 질문을 마지막으로 드리고자 합니다. 책이 나오는 이 봄, 누구와 어떤 음식을 드시며 하루를 축하하고 싶으신가요?

아, 드디어 마지막 질문에 소설 「낮과 밤」이 언급되네요. 앞에서 꾸준히 언급한 소설들에 비해 결이 조금 달라 독자들이 어떻게 읽어 주실지 기대되는 작품입니다.

책을 받은 날 저는 아마도 가족과 함께 근사한 분위기의 레스토랑에 가서 메뉴를 주문해 놓고 기다리는 동안 아이들에게 책을 보여 주며 사뭇 진지하고 자랑스러운 말투로 "아이들아, 엄마는 이 책을 쓴 작가란다."라고 말할 것 같아요. 물론 아이들이 이제 겨우 다섯 살, 두 살이라 제가 원하는 반응을 보일지는 모르겠지만 좋은 일이라는 것 정도는 알겠지요.

작가의 말

주위 사람들로부터 '코리안 드림'이라는 익숙한 듯 낯선 말을 들은 건 10대 시절이었습니다. 그전에도 친척과 이웃, 친구의 가족 누군가는 어딘가로 계속 떠나고 있었습니다. 그 어딘가가 중국의 대도시였거나, 미국이나 러시아였던 적도 있었고 심지어 멀고 먼 화란(네덜란드)이기도 했지요. 저 같은 아이들은 어릴 때부터 알고 있었습니다. 지금보다 더 나은 삶을 꿈꾼다면 우리도 언젠가는 어디든 떠나야 한다는 것을.

　떠나기 위해 머물러야 했던 곳이 고향 연변이었습니다. 그 공간 안에는 조선인 역사의 흔적들이 선명하게 혹은 흐릿하게 남아 있기도 했고 손가락으로 꼽을 수 있을 만큼의 명료한 이유로 건너와 정착하는 한국인들과 잠시 경유하기 위해 머무는 북쪽 동포들도 있었습니다. 연변이란 공간 안에서 마주한 그 얼굴들을 저는 어떤 표정과 태도로 대해야 할지 그때는 미처 몰랐습니다. 자잘한 일상을 공유할 수 없을 만큼 심리적 거리가 크게 느껴졌지만 궁금증과 호기심을 끊어 낼 수 없게 만드는 그들은 제 정체성을 찾아가는 길에 만난 결정적인 표지판 같기도 했습니다.

그 이후 제가 서울로 거처를 옮기면서 서울이라는 공간 안에서 마주한 같은 동포와 한국인, 새터민들은 연변에서 만났던 사람들과 같은 듯 달랐습니다. 공간이 달라진다고 사람이 달라지지는 않겠지만, 다른 모습을 꺼내 보일 수 있다는 발견은 만감이 교차하는 일이었습니다. 놀라울 때도 있었고 재밌을 때도 있었고 슬플 때도 있었으니깐요. 저는 이 사람들을 이해하려고 민족 역사책을 읽게 됐고 본격적으로 글을 쓰게 되었습니다.

제 첫 소설집 속에 등장한 주인공들은 대부분 중국 동포, 중국에서는 '조선족'이라 불리는 사람들입니다. 역사 교과서에서든, 세계적인 문학 작품에서든, 로맨스 드라마 어디에서든 주인공으로 깊이 있게 잘 다뤄질 수 없는 이들을 저는 제 주위 사람들을 떠올리며 썼고, 쓰면서 그들을 더 깊이 이해하게 되었습니다. 땅 밑에 깊이 웅크리고 있는 뿌리에서 나온 여러 줄기 중에 하나인 중국 동포들의 삶이 한국 독자들에게 관심 있게 읽히기를 바랍니다.

혼자 외로운 글쓰기를 했던 시간 동안 저의 모든 글을 빠짐없이 읽어 주고 매번 응원해 준 소중한 대학원 동기이자 친구인 지숙 언니와, 글을 쓰는 동안 기꺼이 육아에 발 벗고 나서 준 남편, 그리고 제가 무슨 글을 쓰고 사는지는 몰라도 존재 자체를 아껴 주고 자랑스러워하는 가족과 친구들에게 감사의 마음을 전합니다. 이 책이 나올 수 있도록 출판사와 이어 준 예동근 교수님, 소설집이 출간되기까지 느린 저를 오래 기다리며 함께 동행해 준 임명선 편집자님과 이 소설집에 손길을 더했을 호밀밭 출판사 모든 직원분들에게 감사드립니다.

글을 쓸 때는 두렵고 겸허한 마음으로, 그 글이 제 손을 떠난 뒤에는 감사하는 마음을 잊지 않는 작가가 되겠습니다.

세상 모든 것에 감탄하는
지혜로운 사람들의 공간
호밀밭

야버즈

© 2023, 전춘화

초판 1쇄	2023년 3월 1일
개정판 1쇄	2024년 6월 17일

지은이	전춘화
펴낸이	장현정
편집	박정은, 임명선
디자인	박규비, 김희연
마케팅	최문섭, 김윤희

펴낸곳	호밀밭
등록	2008년 11월 12일(제338-2008-6호)
주소	부산광역시 수영구 연수로 357번길 17-8
전화	051-751-8001
팩스	0505-510-4675
홈페이지	homilbooks.com
전자우편	homilbooks@naver.com

ISBN 979-11-6826-181-5 03810